Tove Jansson

O livro do verão

Tove Jansson

O livro do verão

Tradução do sueco Luciano Dutra

Esta obra foi publicada originalmente em sueco, em 1972, com o título Sommarboken.
© Tove Jansson (1972) Moomin Characters™
© 2025, Editora WMF Martins Fontes Ltda., São Paulo, para a presente edição.

Publicado em português por acordo com Rights & Brands.

Todos os direitos reservados. Este livro não pode ser reproduzido, no todo ou em parte, armazenado em sistemas eletrônicos recuperáveis nem transmitido por nenhuma forma ou meio eletrônico, mecânico ou outros, sem a prévia autorização por escrito do editor.

1ª edição 2025

Tradução
LUCIANO DUTRA

Acompanhamento editorial
Diogo Medeiros
Preparação
Fernanda Rodrigues
Revisões
Isadora Prospero
Cássia Land
Produção gráfica
Geraldo Alves
Diagramação
Renato Carbone
Imagem de capa
Tove Jansson, Sommarön
[Foto: Finlands Nationalgalleri / Hannu Aaltonen]
Edição de arte
Gisleine Scandiuzzi

Dados Internacionais de Catalogação na Publicação (CIP)
(Câmara Brasileira do Livro, SP, Brasil)

Jansson, Tove

O livro do verão / Tove Jansson ; tradução do sueco Luciano Dutra. – São Paulo : Editora WMF Martins Fontes, 2025.

Título original: Sommarboken.
ISBN 978-85-469-0707-6

1. Ficção escandinava I. Título.

24-243510   CDD-894.5413

Índice para catálogo sistemático:
1. Ficção : Literatura escandinava   894.5413

Cibele Maria Dias – Bibliotecária – CRB-8/9427

Todos os direitos desta edição reservados à
Editora WMF Martins Fontes Ltda.
Rua Prof. Laerte Ramos de Carvalho, 133   01325-030 São Paulo SP Brasil
Tel. (11) 3293-8150 e-mail: info@wmfmartinsfontes.com.br
http://www.wmfmartinsfontes.com.br

Sumário

9
Manhã de banho de mar

13
O luar

15
A floresta assombrada

21
O pato-de-cauda-afilada

27
Berenice

39
A pastagem

45
Brincar de Veneza

53
Calmaria

61
O gato

69
A gruta

75
A rodovia

79
Solstício de verão

89
A barraca

97
O vizinho

109
O roupão

119
O salsichão de plástico

131
A nau dos contrabandistas

137
A visita

147
De minhocas e outras iscas

157
O temporal de Sofia

169
Dia de perigo

177
Em agosto

Manhã de banho de mar

Fazia calor desde o início daquela manhã. Havia chovido durante a noite. A montanha nua exalava vapores, o musgo e as fendas banhavam-se na umidade do ar e todas as cores eram mais vívidas. Logo abaixo da varanda, a vegetação era uma floresta tropical, ainda envolta pela sombra matinal, densas folhas e flores daninhas, por isso ela tinha que tomar a precaução de não pisoteá-las enquanto continuava sua busca, cobrindo a boca com a mão, o tempo todo com medo de perder o equilíbrio.

– O que é que a senhora está fazendo? – perguntou a pequena Sofia.

– Nada – a avó respondeu. – Bem, na verdade estou procurando a minha dentadura – ela acrescentou, de mau humor.

A menina desceu da varanda e perguntou sem rodeios:

– Onde a senhora a perdeu?

– Por aqui. Eu estava parada bem aqui e a deixei cair no meio das peônias – a avó respondeu.

As duas continuaram procurando.

– Deixa que eu procuro, vovó. A senhora mal consegue se manter em pé. Vai pra lá! – disse Sofia.

Então, ela entrou debaixo da cobertura florida do jardim e engatinhou entre os caules verdes. Ali embaixo era um lugar bonito, mas também misterioso; na terra macia e preta jazia a dentadura, branca e pura, uma coleção de dentes velhos.

– Vovó, achei a dentadura! – gritou a menina, e então se ergueu. – Coloca a dentadura, vovó!

– Está bem, mas olha para lá, isso é uma coisa muito íntima – a avó retrucou.

Sofia escondeu a dentadura atrás das costas e disse:

– Mas eu quero ver!

Então, a avó pegou a dentadura e a colocou de uma vez, sem qualquer dificuldade. Não, não tinha nada demais naquilo.

– Quando é que a senhora vai morrer, vovó? – a menina perguntou.

– Logo, logo. Não que isso seja da tua conta... – a avó respondeu.

– E por que isso não é da minha conta? – a netinha voltou a perguntar.

A avó preferiu não responder. Em vez disso, foi até a montanha e depois seguiu na direção do barranco.

– É proibido ir aí! – Sofia gritou.

– Eu sei – respondeu a velhinha, dando de ombros. – Nem você nem eu podemos ir até o barranco, mas a gente vai mesmo assim. Seu pai está dormindo e não vai saber o que estamos fazendo.

Elas então subiram a montanha. O musgo estava escorregadio, pois o sol havia subido um bom trecho, e agora tudo exalava vapor; a ilha inteira estava coberta de neblina. Era uma beleza só.

– Por acaso estão cavando um buraco? – a menina perguntou, de bom humor.

– Estão sim. Um buraco enorme! – a avó respondeu, antes de acrescentar com um ar maroto: – Tão grande que nós duas cabemos dentro dele.

– E por que estão fazendo isso? – a menina perguntou.

Elas continuaram caminhando na direção do penhasco.

– Nunca tinha vindo tão longe assim – disse Sofia. – A senhora já?

– Não – a avó respondeu.

Então elas seguiram andando até o barranco, onde a montanha descia em níveis cada vez mais sombrios, cada degrau em direção à escuridão contornado por uma franja verde-clara de algas que balançavam ao sabor das ondas.

– Quero tomar banho de mar – a menina disse.

Ela esperava alguma resistência, que acabou não vindo. Então, tirou a roupa, lentamente, mas um pouco desinquieta. Não se pode confiar nas pessoas que simplesmente tudo permitem. Por fim, ela enfiou os pés na água e exclamou:

– Nossa, a água está bem fria!

– É claro que está fria. O que você esperava? – retrucou a avó, com a cabeça já noutra coisa.

A menina afundou o corpo até a cintura e ficou aguardando, eletrizada.

– Nade! – exclamou a avó. – Você sabe nadar, não sabe?

"É bem fundo aqui. Ela esqueceu que até hoje só nadei em águas profundas com algum adulto", Sofia pensou. Então, ela saiu da água e foi se sentar numa pedra, dizendo:

– É, parece mesmo que vai fazer um dia bonito hoje.

O sol havia subido um pouco mais. A ilha inteira resplandecia, o ar e o oceano estavam bem mais leves.

– Eu sei mergulhar – disse Sofia. – A senhora sabe como é que se mergulha?

– Claro que sei! – a avó retrucou. – É só respirar fundo, tomar impulso e então mergulhar! A gente sente as algas em volta das pernas, elas são marrons e a água é límpida e tem borbulhas de ar, principalmente perto da superfície. A gente desliza dentro da água, prende a respiração e desliza, depois se vira e sobe, se deixando levar à tona. Então, a gente solta o ar e flutua, simplesmente flutua.

– E tudo isso com os olhos sempre abertos – completou Sofia.

– Claro! Quem é que mergulha de olhos fechados?

– A senhora acredita que eu sei mergulhar mesmo se eu não mostrar que sei? – a menina perguntou.

– Sim, acredito – a avó respondeu. – Agora vista-se, vamos voltar para casa antes que teu pai acorde.

A primeira onda de cansaço do dia se aproximou. "Quando chegarmos em casa", a avó pensou, "acho que vou tirar uma soneca. Ah... e não posso esquecer de avisar ao pai dela que Sofia ainda tem medo de nadar em águas profundas."

O luar

Certa vez, em abril, fazia lua cheia e a banquisa encobria o mar completamente. Sofia acordou e lembrou que estavam de volta à ilha e que, depois da morte da mãe, ela agora tinha sua própria cama. O fogão a lenha ainda estava aceso e as chamas se refletiam no teto, onde as botas tinham sido penduradas para secar. Ela colocou os pés no chão, que estava bem gelado, e olhou pela janela.

A banquisa ainda estava escura, e bem no meio dessa superfície ela viu a portinha do fogão a lenha e o fogo que ardia, ou melhor, duas portinhas, uma bem perto da outra. Na segunda janela, o fogo ardia terra adentro, e na terceira ela viu a sala inteira refletida, malas, baús e caixotes escancarados, cheios de musgo, neve e grama seca; tudo estava aberto e coberto por uma sombra bem escura. Ela avistou duas crianças no monte lá fora e a sorveira que crescia, atravessando-as. O céu por trás delas era azul-cobalto.

Ela voltou a se deitar na cama e observou as chamas dançando no teto, enquanto a ilha se aproximava da sala e continuava se aproximando. Eles dormiam num trecho de praia naquela casa com telhado em parte coberto de neve, sob a qual o gelo escureceu e começou a deslizar; bem lentamente, uma fenda se abriu no chão e todas as malas deles desaguaram no reflexo da lua na água. Cada uma das malas estava aberta e repleta de escuridão e musgo, e nunca mais voltaram.

Sofia esticou a mão e puxou as tranças da avó suavemente. A avó não tardou a acordar.

– Vovó – Sofia sussurrou. – Eu vi duas fogueiras na janela. Por que elas eram duas e não uma?

A avó pensou e então respondeu:

– É porque as nossas janelas são duplas.

Depois de alguns instantes, Sofia perguntou:

– A senhora tem certeza de que a porta está fechada?

– A porta está aberta – a avó respondeu. – Ela sempre fica aberta, mas você pode dormir sossegada.

Sofia se enrolou no cobertor e deixou que a ilha inteira deslizasse sobre o gelo até atingir o horizonte. Um instante antes de ela adormecer, seu pai se levantou e colocou mais lenha no fogão.

A floresta assombrada

Na região que fica atrás do monte, a ilha era cingida por uma floresta morta. Era exatamente lá onde o vento batia, e todos esses séculos em que a floresta vinha lutando para crescer apesar dos temporais a deixaram com uma aparência totalmente peculiar. Para quem a contornasse de barco, era evidente que aquelas árvores se dobravam à força do vento, acocorando-se e enroscando-se, algumas delas inclusive rastejando. Aos poucos, os troncos se rompiam ou apodreciam e depois afundavam, as árvores mortas apoiando ou esmagando as que ainda tinham algo de verde em suas copas, formando todas uma massa obstinada de resignação. A floresta resplandecia com seus troncos castanhos cujos galhos haviam decidido rastejar em vez de se manter em pé, e cujo verdor crescia numa espécie de fúria exuberante, úmido e refulgente como uma selva. Diziam ser aquela uma floresta assombrada. Ela havia se formado com um esforço moroso, num equilíbrio entre sobrevivência e aniquilação tão delicado que qualquer mudança era inconcebível. Abrir uma clareira ou livrar-se dos galhos depauperados poderia significar a ruína daquela floresta assombrada. A água pantanosa não conseguia escoar, nada podia ser plantado detrás daquele compacto muro protetor. No fundo daquelas brenhas, naquele

antro permanentemente escuro, viviam aves e animais de pequeno porte. Durante as calmarias, podia-se ouvir um rumor de asas ou o efêmero ruído de patas. Porém, os animais que por ali andavam jamais se deixavam ver.

Quando começou a veranear na ilha, a família tentou deixar aquela floresta assombrada ainda mais assustadora do que já era. Recolheram tocos e juníperos secos pela ilha toda e os transportaram de barco até lá. Aquilo era um belo exemplo da beleza desagregada e embranquecida que dominava a ilha, os tocos e arbustos rachando e se partindo, formando trilhas largas e vazias até o ponto aonde deviam levar. A avó percebeu que o resultado não ficara bom, mas não disse nada. Depois, ela limpou o barco e aguardou até que os demais se cansassem da floresta assombrada. A partir de então, ela passou a ir até a floresta, totalmente sozinha. Arrastava-se lentamente em volta do charco e dos fentos até cansar, então se deitava no solo e ficava olhando para o alto através daquela rede de líquens e galhos. Mais tarde, quando perguntavam por onde ela tinha andado, ela respondia que tinha ido tirar um cochilo.

Do lado de lá da floresta assombrada, a ilha era como um parque de organização e beleza, onde até o raminho mais insignificante era cuidado enquanto a terra era mantida úmida pelas chuvas da primavera. A partir de lá, caminhava-se apenas por trilhas estreitas de ponta a ponta até chegar à praia arenosa, lá embaixo. Apenas os aldeões e os veranistas andavam sobre o musgo. Ignoravam – nunca é demais repetir – que o musgo é a coisa mais delicada que há. Se é pisado uma única vez, o musgo volta a crescer com a chuva, mas depois da segunda pisada já não cresce mais. E na terceira vez que alguém pisa sobre ele, o musgo já está morto. O mesmo se dá com os êideres:* da terceira vez que são espan-

---

* *Somateria mollissima* (êider, êider-edredão ou êider-grande): pato das zonas costeiras do hemisfério Norte, cujas penas são tradicionalmente utilizadas como enchimento de almofadas e edredons. [N. do T.]

tados de seu hábitat, nunca mais voltam. A certa altura de julho, o musgo se enfeitava com uma relva fina e comprida. Os tirsos se abriam sempre à mesma exata distância da terra e juntos balançavam ao vento, como nos prados do interior. Então a ilha ficava completamente coberta por um véu que emergia do calor, mal sendo avistada, e desaparecia por mais ou menos uma semana. Nada podia causar uma impressão mais forte de algo ermo e intacto.

Porém, a avó se sentava na floresta assombrada para entalhar animais desconhecidos. Ela os esculpia em galhos e pedaços de madeira, conferindo-lhes patas e fuças, apesar de a aparência deles ser apenas insinuada, nunca sendo demasiado evidente. Conservavam sua alma de madeira, os contornos de dorsos e pernas apresentando a forma insondável da própria brotação, ainda parte integral da floresta esfacelada. Às vezes, ela os entalhava diretamente num cepo ou tronco. Os animais de madeira da avó se tornaram cada vez mais numerosos. Ficavam enganchados ou escarranchados nas árvores, repousando sobre os troncos ou jazendo no solo, submergindo com os braços abertos nas águas pantanosas ou se embolando tranquilos junto a uma raiz de árvore para dormir. Às vezes, eram apenas uma silhueta em meio à sombra, às vezes dois ou três, flagrados juntos numa briga ou num ato de amor. A avó entalhava apenas madeira velha que já tinha encontrado sua forma, ou seja, ela achava e selecionava a madeira que expressava exatamente o que ela pretendia.

Certa vez, a avó encontrou uma vértebra enorme e branca na areia. A vértebra era dura demais para ser entalhada. Era impossível deixá-la ainda mais bonita, então ela a instalou na floresta assombrada exatamente como era.

A avó encontrou vários outros ossos, brancos ou acinzentados, todos trazidos à terra pelas ondas.

– O que é que a senhora está fazendo? – Sofia perguntou.

– Estou brincando – a avó respondeu.

Sofia entrou na floresta e viu tudo o que a avó tinha feito.

– Ah, é uma exposição de arte? – ela perguntou.

Porém, a avó explicou que aquilo não tinha nada que ver com escultura, que escultura era algo totalmente diferente.

Elas passaram a recolher juntas os ossos na praia.

Procurar e recolher é de fato algo especial, pois a gente não consegue enxergar nada além do que está procurando. Quando estamos colhendo arandos, só temos olhos para o roxo e o vermelho; se procuramos ossos, só temos olhos para o branco, e por toda parte só enxergamos ossos. Às vezes, eles são finos feito agulhas, extremamente delicados e quebradiços, devendo ser carregados com todo o cuidado. Às vezes, trata-se de femorais bastante grossos ou de uma gaiola de costelas, enterrada na areia como o costado de um barco naufragado. Eles se apresentam em milhares de formas, cada um com sua própria estrutura.

Sofia e a avó levavam tudo o que encontravam até a floresta assombrada, aonde costumavam ir ao entardecer. O solo ao pé das árvores foi ficando decorado de arabescos brancos, que eram como uma linguagem de sinais, e, quando sua obra de arte ficava pronta, elas se sentavam e trocavam algumas palavras, enquanto escutavam os movimentos dos pássaros matagal adentro. Certa vez, elas viram um galo-da-floresta alçando voo. Noutra ocasião, viram uma coruja bem pequeninha que, pousada num galho, formava uma silhueta contra o céu do anoitecer. Nunca antes uma coruja havia visitado aquela ilha.

Uma manhã, Sofia encontrou um crânio intacto de um animal de grande porte. Sim, ela achou aquilo sozinha. A avó achou que se tratava de um crânio de foca. Elas guardaram o crânio num cesto e aguardaram até o anoitecer. Aquele foi um pôr do sol só de vermelhos cuja claridade se derramava sobre tudo, deixando até mesmo a terra vermelha. Então, elas levaram o crânio à floresta assombrada e lá o deixaram, com sua dentição completa, refulgente.

De repente, Sofia começou a gritar:

– Tira isso daqui! Tira isso daqui!

A avó abraçou a menina e achou que era melhor não dizer nada. Depois de alguns instantes, Sofia adormeceu. A avó ficou sentada, planejando uma casinha de caixas de fósforo nas areias da praia e um caniçado para plantar arandos-roxos nos fundos da casa. Elas também poderiam fazer um ancoradouro e uma janela de papel-alumínio.

Então, os animais de madeira começaram a desaparecer de sua floresta. Os arabescos afundaram no solo e se tornaram verdes de musgo. As árvores afundaram ainda mais em seus mútuos abraços à medida que o tempo ia passando. A avó ia sozinha com frequência à floresta assombrada ao entardecer. Porém, durante as tardes, ficava sentada nos degraus da varanda, fazendo barcos de cortiça.

O pato-de-cauda-afilada

Certa manhã, pouco antes do alvorecer, fazia frio na dependência de hóspedes. A avó tinha puxado uma colcha de retalhos para se cobrir, além de algumas capas de chuva que estavam penduradas na parede, mas nada disso ajudava muito. Ela imaginou que aquilo tinha a ver com a charneca. Há algo de curioso com as charnecas. Mesmo que a gente as aterre com pedras, areia e troncos apodrecidos, e então construa uma lenharia em cima disso tudo, elas continuam se comportando como charnecas. No início da primavera, elas respiram gelo e carregam sua própria escuridão, como uma lembrança dos tempos em que contavam com sua cisterna negra e suas margens impecáveis de juncos. A avó olhou para o aquecedor a querosene, que havia apagado, e para o relógio que marcava três da madrugada. Então, ela se levantou, se vestiu, pegou sua bengala e desceu a escadaria de pedra. Era noite de calmaria e ela ficou com vontade de ver os patos-de-cauda-afilada.

Não era apenas a lenharia, mas sim a ilha inteira que se encontrava nas trevas e em meio a um silêncio que só é possível encontrar perdido no oceano no início de um mês de maio. As gotas d'água despencavam dos galhos das árvores, claramente discerníveis naquele silêncio, nada ainda conseguia brotar e manchas de neve ainda eram visíveis no norte da ilha. A paisagem estava impregnada de expectativa. Ela ouviu os patos-de-cauda-afilada grasnando, ouviu seu grasnado característico, "gagl", "gagl", "gagl", cada vez mais distante, mas muito distante, pois os patos-de-cauda-afilada são aves que jamais se deixam ver. São tão misteriosas quanto os codornizões, os quais, porém, são aves solitárias que se escondem no campo, enquanto os patos-de-cauda-afilada se aglomeram nas ilhas mais remotas, acasalando-se em enormes bandos e grasnando em uníssono durante a noite toda na primavera.

A avó começou a subir a colina e enquanto subia pensava nos pássaros em geral. Ocorreu-lhe que nenhum outro animal tinha a mesma capacidade que os pássaros de ressaltar de forma dramática e cabal o decorrer das coisas, a passagem dos anos e as oscilações no clima, bem como as mudanças pelas quais nós mesmos passamos. Depois, ela pensou nas aves migratórias, nos tordos nos entardeceres do verão, no cuco, sim, no cuco, nos pássaros enormes e obstinados que navegam e ficam à espreita, depois naqueles bem pequenos que chegam em ótima companhia no final do verão para fazer uma visitinha rápida, roliços, inocentes e destemidos, e então nas andorinhas que só fazem ninho nos telhados das casas onde vivem pessoas felizes. É surpreendente o fato de os pássaros, impessoais como são, terem conseguido se tornar símbolos tão poderosos. Bem, talvez isso não seja nem um pouco surpreendente. Para a avó, os patos-de-cauda-afilada significavam a consumação e a renovação da esperança. Ela andava com cuidado pela colina com suas pernas hirtas e, ao chegar à casinha de brinquedo, bateu à janela. Sofia acordou imediatamente e abriu a porta.

– Vou dar uma caminhada para ver os patos-de-cauda-afilada – a avó disse.

Sofia trocou de roupa e elas continuaram a caminhada juntas.

Na parte oeste da ilha, uma estreita faixa de gelo jazia em torno das pedras. Ninguém ainda tinha tido tempo de juntar lenha, então havia pedaços de madeira espalhados por toda a praia, um emaranhado enorme e retorcido de troncos, algas e juncos; por ali, também havia vigas e caixotes frágeis de madeira virados de cabeça para baixo e envoltos em arame. Atravessada no meio daquilo tudo havia uma tora extremamente pesada e escurecida de óleo derramado. Pedaços leves de cortiça e velhos fragmentos de tempestade moviam-se na água diante da banquisa; eles iam e vinham lentamente impelidos pela marulhada fraca. Faltava muito pouco para o alvorecer e a claridade já começava a transpassar a escuridão que encobria o oceano. Os patos-de-cauda-afilada grasnavam sem parar, com seu grasnado distante e melódico.

– Eles estão ocupados acasalando – disse Sofia.

O sol se levantou e a escuridão refulgiu por um instante, antes de simplesmente desaparecer. Em cima de uma saliência de rocha que sobressaía da água jazia um pato-de-cauda-afilada encharcado e morto, parecendo uma sacola retorcida de plástico. Sofia explicou que se tratava de uma gralha velha, mas a avó não acreditou nela.

– Mas é verdade, é primavera! – Sofia exclamou. – Eles não morrem nessa época, ainda são novinhos e acabaram de acasalar, pelo menos foi o que a senhora me contou.

– Bem... – disse a avó. – Este aí, pelo menos, está bem morto.

– Então como foi que ele morreu? – gritou Sofia, furiosíssima.

– De desamor – a avó explicou. – Ele cantou e grasnou a noite inteira para o seu par, mas veio um outro pato-de-cauda-afilada e a roubou; então, o coitadinho submergiu a cabeça na água e se deixou levar pela correnteza.

– Não é verdade! – Sofia gritou e começou a chorar. – Os patos-de-cauda-afilada não se afogam! Diga a verdade!

Então, a avó contou que aquele pato-de-cauda-afilada simplesmente tinha batido com a cabeça contra uma pedra; estava tão extasiado cantando e grasnando que não enxergava nada mais à sua frente, e foi assim que acabou daquela forma, justamente em seu momento de maior felicidade.

– Esta versão é melhor – Sofia disse. – A gente não devia enterrá-lo?

– Não, não é necessário – a avó respondeu. – A maré já vai subir e então ele será sepultado. As aves marinhas devem ser sepultadas da mesma forma que os pescadores.

Então, elas continuaram caminhando e conversando sobre a forma como os marinheiros eram sepultados, ao som dos patos-de-cauda-afilada cantando em díade e em tríade, cada vez mais distantes. O istmo que se estendia até o penhasco tinha sido completamente transformado pelos temporais do inverno. Nunca houvera nada além de seixos lá, mas agora a praia tinha se transformado numa praia de areia.

– Isso precisa ser preservado – disse a avó, cutucando a areia com sua bengala. – Se a maré subir e vier uma nortada, tudo isso aqui será levado embora.

Então, ela se deitou de través sobre os juncos alvejados e ficou admirando o céu. Sofia se deitou ao lado dela. O calor continuava aumentando constantemente; então, durante algum tempo, elas ficaram ali apenas ouvindo o ruído peculiarmente refrescante e um tanto agudo das aves de arribação em debandada, e viram o bando inteiro debandando rumo ao noroeste.

– E o que é que vamos fazer agora? – Sofia perguntou.

A avó disse que iria dar uma caminhada até o istmo para averiguar o que a correnteza tinha trazido até a praia.

– Mas a senhora tem certeza de que não vai ficar entediada? – Sofia perguntou.

– Certeza absoluta – a avó respondeu, apoiando num dos costados e repousando o braço sobre a cabeça.

Entre a manga da blusa, o chapéu e os juncos alvejados, ela conseguia enxergar um triângulo de céu, mar e areia, um triangulozinho bem pequeno de fato. Na areia perto dela havia uma palhinha seca, entre cujas folhas afiadas uma pena de ave marinha tinha ficado presa. Ela observou detidamente aquela engenharia, a haste branca e retesada no centro e as penugens em torno dela, castanho-claras e mais leves que o ar, em seguida mais escuras e reluzentes perto do topo, terminando numa curvatura breve, porém enérgica. A pena era movida por uma lufada de ar que a avó não conseguia sentir. Então, ela constatou que a palhinha e a pena se encontravam à distância exata para permitir que seus olhos as enxergassem. E ficou matutando se a pena estava presa na palhinha seca desde a primavera ou desde a noite anterior, ou então se estivera ali o inverno inteiro. Ela observou a cavidade arredondada na areia em torno daquele pé de junco seco, além de uma espiral de algas que havia se enredado em torno da haste. Bem ali ao lado havia um pedaço de cortiça. Se alguém a observasse por bastante tempo, aquela cortiça iria crescer e se transformar numa montanha bastante antiga, no topo da qual haveria crateras e furnas que lembravam rodamoinhos. Aquele era um pedaço de cortiça belo e dramático que repousava sobre sua própria sombra na areia num único ponto fixo, naquela areia grossa, pura e quase cinza sob a luz matinal, o céu completamente vazio, como o mar também estava.

Sofia voltou correndo.

– Achei um caixote enorme que caiu de um navio! Ele é do comprimento de um barco!

– Exagero seu – disse a avó.

Era importante que ela não se apressasse, pois só assim teria tempo suficiente para prestar atenção na palhinha sobre a areia. Exatamente naquele instante, a pena se soltou de seu folículo e foi carregada pela brisa leve daquela manhã. A pena deixou o campo de visão dela, e, quando a avó se levantou, a paisagem ficou ainda menor. Então ela disse:

– Eu vi uma pena, sim, uma verdadeira pena de pato-de--cauda-afilada.

– De que pato a senhora está falando? – perguntou Sofia, já esquecida do pato-de-cauda-afilada que tinha morrido de desamor.

Berenice

Num certo verão, Sofia recebeu uma hóspede, a primeira amiga a lhe fazer uma visita. Era uma menina bem pequena cujo cabelo a deixava maravilhada. O nome da menininha era Hjördis Evelyne, mas todos a chamavam de Pipsan.

Sofia contou para a avó que Pipsan tinha medo de ser chamada pelo seu nome verdadeiro; bem, na verdade ela tinha medo de tudo, e, portanto, deviam lidar com ela com toda a precaução. Então, ambas concordaram em, pelo menos de início, não assustar Pipsan com algo que ela nunca tivesse visto antes. Ao chegar, Pipsan vestia uma roupa esquisita e calçava sapatos com solado de couro. Ela era bem-comportada e praticamente não abria a boca. E o cabelo dela era tão bonito que deixava todos de queixo caído.

– O cabelo dela não é lindo? – Sofia perguntou em voz baixa.

– Realmente. É muito lindo – a avó respondeu.

As duas se entreolharam durante algum tempo, até que Sofia deu um suspiro e disse:

– Acho que ela precisa da nossa ajuda. A senhora não acha que devíamos fazer um pacto secreto para ajudá-la? E a senhora concorda que Pipsan não soa nem um pouco aristocrático?

A avó então sugeriu que deveriam chamar a menina de Berenice. De acordo com o pacto que elas fizeram, Berenice era uma rainha famosa por seu cabelo, havendo inclusive uma constelação conhecida como Cabeleira de Berenice.

Tema de muitas conversas da maior seriedade e envolta naquela linguagem simbólica misteriosa, Pipsan circulava pela ilha. Ela era uma criança incrivelmente miúda e amedrontada que não conseguia ficar totalmente só. Por isso, Sofia sempre andava às voltas e não ousava deixar sua pequena hóspede sozinha mais do que uns minutinhos. A avó estava deitada no quarto de hóspedes que ficava atrás da casa quando ouviu Sofia chegar ofegante escadaria acima. Ela entrou com estardalhaço, sentou-se na beira da cama e sussurrou:

– Berenice está me deixando maluca. Ela não quer aprender a remar, pois não tem a mínima coragem para entrar no barco. Ela acha a água gelada demais. O que vamos fazer com ela?

Elas conferenciaram brevemente sobre o tema sem chegar a qualquer conclusão, então Sofia voltou a sair apressada.

A dependência de hóspedes fora construída bem depois do restante da casa, por isso tinha o seu jeito particular. Era anexada aos fundos da casa e tinha uma parede pichada onde redes, olhais, cordas e tudo mais de que se podia precisar pendiam e sempre estiveram ali pendurados. O telhado era bastante inclinado, pois era de fato a continuação do telhado da casa propriamente dita. A dependência de hóspedes era sustentada por estacas, pois a colina descia na direção do pântano antes existente entre a casa e a lenharia. Limitada pelo bosque de pinheiros lá fora, a dependência de hóspedes de fato não era muito maior do que uma cama, resumindo-se a um corredor bem pequeno caiado de azul, com a porta e um armarinho numa das extremidades e uma janela totalmente grande demais na outra. A janela era mais larga na parte de cima e oblíqua no lado esquerdo para acompanhar o teto. A cama era branca, com alguns elementos decorativos em azul e dourado. No porão da dependência de hóspedes, a família armazenava madeira, galões de piche, gasolina, selador de madeira, caixas vazias, pás, espetos e baldes velhos, além de vários outros objetos que ainda estavam em demasiado bom estado para serem jogados fora. Em resumo, a dependência de hóspedes era um cômodo bastante acolhedor e isolado das demais partes da casa, sendo desnecessário entrar em detalhes. A avó voltou a ler seu livro e não estava pensando em Berenice especificamente. O vento estival soprava constantemente do sudoeste, zunindo sonolento em volta da casa e em torno da ilha. Ela percebeu que o pessoal da casa estava ouvindo a previsão do tempo. Uma pontinha de raio de sol adentrou pelo marco da janela.

Sofia abriu a porta ruidosamente, entrou e disse:

– Ela está chorando. Ela está com medo das formigas, acha que elas estão por toda parte. Agora ela só fica levantando os pés e pisoteando tudo enquanto chora, simplesmente não consegue parar. O que vamos fazer com ela?

Elas decidiram levar Berenice para passear de barco, pois nele não havia formigas, poupando-a assim de um temor maior em troca de um temor menor. Depois, a avó de Sofia continuou a ler seu livro.

Na parede da dependência de hóspedes que ficava aos pés da cama havia uma bela gravura que representava um eremita. Tratava-se de uma reprodução em cores impressa em papel cuchê que tinham recortado de um livro. Via-se na gravura um deserto durante um crepúsculo profundo, onde tudo era apenas céu e terra seca. No centro da gravura, numa espécie de tenda aberta que ele armara à sua volta, havia um eremita que lia deitado em sua cama ao lado da qual havia uma mesinha de cabeceira com uma lamparina a querosene. Aquele espaço formado pela tenda, pela cama, pelo halo de luz da lamparina e pela mesinha de cabeceira era quase tão pequeno quanto o próprio eremita. Crepúsculo adentro, a uma boa distância, via-se um leão em repouso apenas sugerido e praticamente indistinto. Sofia achava o leão ameaçador, porém, na opinião da avó, era mais plausível que o leão estivesse lá para proteger o eremita.

Quando o vento sudoeste sopra é fácil ter a sensação de que os dias se dissolvem uns nos outros sem mudanças nem acontecimentos de qualquer tipo, dia e noite o mesmo ruído tranquilo e invariável. O pai de Sofia trabalhava em sua mesa. A noite se caía e se erguia. Cada qual andava pela ilha cuidando de seus próprios afazeres, afazeres tão óbvios que ninguém falava deles, nem sequer para conquistar a admiração ou a simpatia alheia. Tratava-se sempre e apenas dos mesmos e prolongados verões, e tudo seguia crescendo no ritmo que lhe era peculiar. A chegada de Berenice – e aqui nos referimos à menina por seu nome esotérico – trazia algumas complicações que ninguém havia antecipado. Não compreenderam que residir naquela ilha era, na melhor das hipóteses, algo como um bloco indivisível. A forma distraída como os ilhéus viviam no ritmo pachorrento do verão jamais contemplara a possibilidade de um hóspede. Tampouco entenderam que a menina Berenice tinha mais medo deles do que do mar, das formigas e do vento que roçava as árvores durante as madrugadas.

Sofia foi até a dependência de hóspedes pela terceira vez e disse:

– Assim não dá mais. Ela é mesmo impossível. Consegui convencê-la a ir mergulhar, mas quem disse que as coisas melhoraram?

– Mas ela chegou a mergulhar de verdade? – a avó perguntou.

– Claro que sim! Eu a empurrei na água e então ela mergulhou.

– Entendo... – disse a avó. – Então, o que foi que aconteceu dessa vez?

– O cabelo dela não tolera água salgada – Sofia explicou, desanimada. – Ficou horrível. Justo aquele cabelo, que era o que eu mais gostava nela!

A avó atirou o cobertor para longe, se levantou da cama, pegou a bengala e então perguntou:

– Onde ela está?

– No batatal – Sofia respondeu.

A avó foi sozinha até o batatal, que ficava um pouco distante do mar, protegido entre os rochedos, e onde o sol batia o dia inteiro. As batatas-doces, de um cultivo temporão, ficavam num canteiro de areia e estavam cobertas por uma camada de algas. Elas são polidas pela água salgada, que as deixa arredondadas e com um brilho rosado. A menina estava sentada atrás da pedra mais alta, meio que escondida debaixo dos galhos de pinheiro. A avó se sentou a uma certa distância e começou a escavar com uma pazinha. As batatas ainda estavam demasiado pequenas, mas mesmo assim ela colheu umas dez.

– É assim que a gente faz – ela disse para Berenice. – A gente enterra uma grande e várias pequenas aparecem. Se a gente espera um pouco, todas elas ficam grandes.

Com seus cabelos numa maçaroca só, Berenice olhou para ela por um instante e logo desviou o olhar. Não, ela não estava nem aí para batatas, nem para qualquer outra coisa, na verdade.

"Ai, se ela fosse um pouquinho mais velha...", a avó pensou. "E, de fato, se ela fosse bem mais velha, então eu poderia dizer a ela que eu entendo como isso é horrível. Ver-se aqui não mais que de repente em meio a um círculo fechado de pessoas que sempre viveram juntas, habituadas a cercar-se umas das outras num território que conhecem como a palma da própria mão e onde cada pequena ameaça àquilo com que estão habituadas torna o grupo ainda mais fechado e mutuamente fiel. Uma ilha pode ser algo terrível para alguém que dela se aproxima de fora. Tudo é dado de antemão e cada qual ocupa o lugar que lhe cabe com obstinação, calma e autossuficiência. Nas praias onde vivem, tudo funciona de acordo com rituais petrificados pela repetição, ao mesmo tempo que vagam pelos dias afora tão caprichosa e fortuitamente como se não houvesse mundo além do horizonte."

A avó estava tão concentrada nesses pensamentos que esqueceu tanto das batatas quanto de Berenice. Ela observou a praia a sota-vento e as ondas que rebentavam em ambos os lados e então se uniam para prosseguir até a terra firme, uma longa paisagem azul de cristas de ondas desvanecentes cujo rastro era apenas uma nesga de água serena. Um barco de pesca com enormes bigodes brancos atravessava o fiorde.

– Olha! – exclamou a avó. – Lá vai um barco!

Ela procurou Berenice com olhar, mas a menina estava totalmente escondida atrás do pinheiro.

– Ah, não! – voltou a exclamar a avó. – Uns malfeitores estão vindo pra cá. Temos que nos esconder.

Com um certo esforço, ela se enfiou debaixo do pinheiro e sussurrou:

– Olha, lá estão eles. E estão vindo para cá. Agora você vai me acompanhar até um lugar mais seguro.

Ela começou a se arrastar pela colina e Berenice seguiu atrás dela, de quatro, rápida e rasteira. Elas então pegaram a trilha que circundava uma pequena charneca até chegarem a uma depressão onde haviam plantado salgueiros; estava tudo cheio d'água, mas não havia nada mais a fazer.

– Ufa! Agora estamos mais seguras! – a avó exclamou.

Ela observou o rosto de Berenice e acrescentou:

– Melhor dizendo, estamos bem seguras. Eles nunca vão nos encontrar aqui.

– Por que é que eles são malfeitores? – Berenice perguntou bem baixinho.

– Porque eles vêm até aqui para incomodar a gente. Somos nós que moramos aqui nessa ilha e seria ótimo se os forasteiros se mantivessem bem longe daqui – a avó respondeu.

O barco de pesca se afastou. Sofia andou à procura delas por toda parte durante cerca de meia hora, e quando finalmente as encontrou ali, tranquilas, ocupadas espantando uns girinos, ficou fula da vida.

– Onde é que vocês andavam? – ela perguntou aos gritos.
– Procurei vocês por toda parte!
– A gente estava escondida – a avó respondeu.
– A gente estava escondida – Berenice repetiu. – E não deixamos ninguém chegar até aqui.

Ela chegou ainda mais perto da avó, olhando fixamente para Sofia.

Sofia não disse nada, simplesmente virou as costas e saiu correndo dali. A ilha se encolheu e estreitou. Aonde quer que fosse, Sofia continuava ciente de onde elas estavam e precisava se afastar delas. E tão logo elas sumiam, ela era forçada a procurá-las para poder então seguir seu caminho.

A avó foi ficando cada vez mais cansada e então subiu os degraus que levavam até a dependência de hóspedes.

– Agora vou ler um pouquinho – ela disse. – Vá brincar com a Sofia um pouco.

– Não! – Berenice retrucou.

– Então brinque sozinha.

– Não! – Berenice repetiu, mais uma vez tomada de medo.

A avó buscou um bloco de papel e um lápis de cor e colocou-os sobre um dos degraus.

– Desenhe alguma coisa – ela disse.

– Não sei o que desenhar – a menina respondeu.

– Desenhe algo terrível! – exclamou a avó, que realmente estava exausta. – Desenhe a coisa mais horrorosa que conseguir e leve o máximo de tempo possível nisso.

Então, ela trancou a porta com a tramela, deitou-se na cama e puxou o cobertor até cobrir a cabeça. O vento sudoeste zuniu de leve sobre a praia ao longe e envolveu o ponto focal daquela ilha, ou seja, a dependência de hóspedes e a lenharia.

Sofia arrastou uma caixa até a janela, subiu nela e deu três batidas longas e três curtas no vidro. Quando a avó saiu de baixo dos cobertores e abriu uma fresta, Sofia comunicou-lhe que estava abandonando o pacto.

– Essa Pipsan! Que me importa, aquela chorona? O que é que ela está fazendo agora? – ela perguntou.

– Ela está desenhando. Pedi que ela desenhasse a coisa mais horrorosa que conseguisse.

– Mas ela nem sabe desenhar... – Sofia sussurrou, convicta. – Por acaso a senhora emprestou a ela o meu bloco de desenho? E por que é que ela está desenhando?

A janela foi fechada outra vez e a avó se deitou novamente. Sofia voltou três vezes, cada vez com um desenho horrível que ela grudava no vidro da janela e representava o interior da dependência de hóspedes. O primeiro desenho mostrava uma criança com uma cabeleira enorme que gritava enquanto formigas gigantes subiam pelo corpo dela. No segundo desenho, a mesma criança levava uma pedrada na cabeça. O terceiro desenho representava um naufrágio de grandes proporções. A avó interpretou aquilo tudo como uma reação exagerada. Quando abriu seu livro e finalmente encontrou a página onde havia interrompido a leitura da última vez, uma folha de papel apareceu debaixo da porta.

Feito numa espécie de acesso consciencioso de fúria, o desenho de Berenice tinha ficado excelente e mostrava uma criatura que tinha um buraco negro no lugar do rosto. Aquela criatura se movia adiante com os ombros erguidos e seus braços eram asas compridas e membranosas como as de um morcego. As asas começavam no pescoço e iam até o chão de ambos os flancos, e eram ou um apoio ou quiçá um estorvo para aquele corpo indeciso e desossado. Aquele desenho, tão horrível e tão expressivo, deixou a avó admirada. Ela abriu a porta e gritou:

– Ficou ótimo! O desenho realmente ficou ótimo! – ela exclamou, sem olhar para a menina, apenas para o desenho, com um tom de voz nem corriqueiro nem entusiasmado demais.

Berenice continuou sentada na escada, sem sequer se virar. Ela pegou uma pedrinha e a atirou para o alto. Depois, se levantou e saiu andando na direção da praia, com movimentos lentos e calculados. Sofia parou junto à lenharia e aguardou.

– O que é que ela está fazendo agora? – a avó perguntou.

– Ela está atirando uma pedra no mar – Sofia respondeu. – Agora ela está indo na direção do istmo.

– Mas que ótimo! – a avó exclamou. – Vem cá e dá uma olhada no que ela fez. O que você acha?

– Nada mal – Sofia respondeu.

A avó pendurou a folha na parede com dois percevejos e depois exclamou:

– Excelente ideia! Agora vamos deixá-la em paz.

– Mas por acaso ela sabe desenhar? – Sofia perguntou, com tristeza.

– Não, provavelmente não sabe – a avó respondeu. – Ela é com certeza uma dessas pessoas que só faz uma coisa que presta na vida e depois nunca mais.

A pastagem

Sofia perguntou com o que o céu se parecia. A avó respondeu que o céu talvez fosse como a campina pela qual elas estavam passando junto à estrada do vilarejo. Então, elas pararam para contemplar a paisagem. Fazia bastante calor, a estrada estava branca e rachada, as folhas das plantas à beira da estrada cobertas de poeira. Elas foram até a campina e sentaram-se na grama, que estava alta e nem um pouco empoeirada. Campânulas, perpétuas e ranúnculos cresciam por ali.

– No céu tem formiga? – Sofia perguntou.

– Não, não tem – a avó respondeu e deitou-se de costas, com todo o cuidado.

Então, ela cobriu o rosto com o chapéu e tentou dormir discretamente. Bem longe dali, um trator trabalhava, infatigável e tranquilamente. Quando o trator parou de trabalhar, tudo ficou ainda melhor. Bastava ouvir os insetos para que eles logo se tornassem milhões e enchessem o mundo em ondas crescentes e declinantes de êxtase e verão. Sofia colheu algumas flores e as segurou na mão até ficarem quentes e desagradáveis; então, ela as entregou à avó e perguntou como Deus conseguia ouvir a todas as pessoas que rezavam ao mesmo tempo.

– Ele é muito inteligente, sim, muito inteligente... – a avó resmungou, sonolenta, debaixo do chapéu.

– Responde direito, vovó! – Sofia exclamou. – Como é que Ele dá conta?

– Ele tem várias secretárias...

– Mas como é que Ele dá conta de fazer tudo que as pessoas pedem, se não tem tempo nem de falar com todas as secretárias antes que a vaca vá pro brejo?

A avó fez de conta que estava dormindo, o tempo todo ciente de que não conseguia enganar a ninguém, e por fim respondeu que Ele organiza as coisas para que nada de perigoso aconteça entre o momento em que alguém reza e o momento em que Ele fica sabendo o que foi que as pessoas Lhe pediram. Então, a neta perguntou o que acontece nos casos em que alguém reza no momento em que está caindo um pinheiro, ou seja, quando já está despencando em pleno ar.

– Hahaha – a avó gargalhou e terminou de acordar. – Nesse caso, Ele faz a pessoa ficar presa num galho.

– Muito inteligente! – Sofia concordou. – Agora é a vez de a senhora perguntar. Mas tem que ser alguma coisa relacionada com o céu.

– Você acha que todos os anjos usam roupas para que ninguém saiba se eles são menino ou menina?

– Mas por que fazer uma pergunta tão tola, se a senhora já sabe que eles usam roupas? Preste bem atenção no que vou lhe dizer: se um anjo quer saber com certeza se outro anjo é menino ou menina, ele simplesmente voa até lá embaixo e olha se o outro anjo usa calças.

– Quem diria! – a avó exclamou. – É bom saber disso. Agora é a tua vez.

— Os anjos conseguem voar até as profundezas do inferno?
— Claro que sim. Afinal de contas, eles têm vários amigos e conhecidos lá embaixo.
— Agora peguei a senhora com a boca na botija! — Sofia gritou. — Ontem, a senhora disse que o inferno não existia!
A avó ficou fula, se sentou e disse:
— E continuo achando que não existe. Mas isso aqui é só uma brincadeira, não é mesmo?
— Que brincadeira, que nada! A gente sempre deve falar a sério quando o assunto é Deus!
— Ele jamais perderia tempo criando algo tão ridículo como o inferno.
— Mas fez isso, com certeza.
— Não, não fez.
— Fez sim! E criou um baita de um inferno, aliás!
A avó se levantou demasiado rápido, pois estava fula da vida; a campina inteira dava voltas e ela por pouco não perdeu o equilíbrio. Esperou um instante e então disse:
— Sofia, não há razão alguma para brigarmos por causa disso. Você com certeza consegue entender que a vida já é bicuda o bastante para que a gente ainda tenha que ser punido no além. Em vez disso, a gente é consolada, esta é a ideia.
— Mas a vida nem é tão bicuda assim! — Sofia gritou. — E o que a senhora tem a dizer a respeito do demônio, então? Afinal de contas, ele não vive no inferno?
Por um instante, a avó pensou em dizer que o diabo tampouco existia, porém, não quis ser tão malvada.
— Esse trator faz uma algazarra e tanto!
Então, ela voltou até a estrada, mas logo acabou pisando numa enorme bosta de vaca. A neta não foi atrás dela.

– Sofia! – a avó gritou, repreendendo-a. – Vou te dar uma laranja quando a gente chegar no secos e molhados.

– Laranja? – retrucou Sofia, desdenhosa. – A senhora acha mesmo que eu consigo pensar em laranja enquanto conversamos sobre Deus e o diabo?

A avó limpou a bosta de vaca dos sapatos o melhor que conseguiu com a bengala, e então respondeu:

– Netinha querida, na minha idade, nem com a maior boa vontade do mundo eu conseguiria começar a acreditar na existência do diabo. Você pode acreditar no que quiser, porém, também deve aprender a ser tolerante.

– Tolerante? O que é isso? – a menina perguntou, carrancuda.

– Significa saber respeitar a opinião dos outros.

– E o que é respeitar? – Sofia gritou, batendo pé.

– Significa deixar que os outros acreditem no que quiserem! – gritou a avó. – Eu deixo você acreditar na merda do demônio se você me deixar em paz!

– A senhora falou palavrão... – Sofia murmurou.

– Não, não falei palavrão nenhum!

– Falou sim. A senhora disse "merda"...

Elas evitaram olhar uma para a outra por um bom tempo. Três vacas surgiram na estrada balançando o rabo e os chifres, passaram lentamente em meio a um enxame de moscas e seguiram na direção do vilarejo requebrando o traseiro, cujo couro se enrugava e espichava. Depois que as vacas seguiram seu caminho, o silêncio voltou a reinar absoluto. Por fim, a avó de Sofia disse:

– Eu sei de uma brincadeira que você não conhece.

Ela esperou um instante e então falou com uma voz bastante esganiçada, pois tinha as pregas vocais atrofiadas:

– Va-ca ama-rela, ca-gou na pa-nela, quem fa-lar pri-mei-ro co-me a mer-da dela! Hahaha!

– *Como é* que é? – Sofia perguntou baixinho, sem acreditar no que tinha ouvido.

Então, a avó dela declamou de novo aquela baboseira horrorosa.

Sofia foi até o acostamento e começou a andar na direção do vilarejo.

– O meu pai nunca diz "merda"! – ela exclamou por sobre o ombro. – Onde é que a senhora aprende essas barbaridades?

– É segredo... – a avó respondeu.

Elas foram até o celeiro, atravessaram o cercado e passaram pelo estábulo de Nybondas e, antes que chegassem ao secos e molhados que ficava à sombra das árvores, Sofia já sabia declamar aquela baboseira, com a voz esganiçada exatamente como a da avó.

Brincar de Veneza

Num sábado, Sofia recebeu algo pelo correio. Era um cartão-postal de Veneza, e no campo de endereçamento aparecia o nome dela completo, antecedido da palavra "Senhorita". A fotografia brilhante na frente do cartão-postal era a coisa mais bonita que alguém daquela família já tinha visto. Uma fila inteira de palácios rosados e dourados emergia subitamente da água escura na qual as gôndolas estreitas espelhavam suas lanternas. A lua cheia brilhava no céu azul-escuro e uma linda mulher estava parada, sozinha, cobrindo os olhos com a mão sobre uma pequena ponte. Essa parte da imagem era impressa com ouro legítimo. O cartão-postal foi colocado debaixo do barômetro.

Sofia perguntou porque todos aqueles prédios estavam no mar, ao que a avó explicou que tudo em Veneza aos poucos afunda no oceano. Ela sabia disso, pois já tinha visitado Veneza. Ela se empolgou com as recordações de quando viajou à Itália e também começou a contar várias outras histórias daquela viagem. Por várias vezes, ela tentou contar sobre outros lugares que tinha visitado, mas Sofia só queria saber de Veneza, especialmente sobre os canais sombrios que cheiravam a bolor e a podridão, e que ano após ano arrastavam a cidade cada vez mais para dentro do lodaçal, uma argila preta e macia na qual pratos de ouro jaziam sepultados. Há algo de elegante em atirar os pratos pela janela depois de comer e em morar numa casa que está o tempo todo afundado rumo à própria ruína.

– Veja, mamãe! – exclamou uma bela venezianinha. – A cozinha amanheceu submersa na água!

– Não faz mal, minha filha querida – a mãe veneziana respondeu. – Ainda temos o salão.

Então, ambas foram de elevador até o térreo, entraram em sua gôndola e navegaram pelas ruas. Não havia sequer um carro em toda a cidade, eles haviam afundado no lodaçal havia muito tempo; só se ouviam passos sobre as pontes, gente batendo perna a noite inteira. Às vezes ouvia-se também música, e às vezes um rangido quando algum palácio assentava, afundando um pouco mais. E aquele cheiro de lodo por toda parte. Sofia foi até a charneca que resplandecia marrom-escura sob os amieiros. Ela escavou um canal no meio do musgo e dos juncos. Tinha no dedo um anel de ouro cravejado com um rubi.

– Mamãe, o meu anel caiu no canal!

– Querida filha, não faz mal, temos um salão repleto de ouro e pedras preciosas.

Sofia foi até a avó e disse:

– Me chame de filha querida, que eu te chamo de mamãe.

– Mas... se eu sou a tua avó! – exclamou a avó dela.

– Por favor, mamãe, isso é só uma brincadeira – Sofia esclareceu. – Mamãe, não devíamos ir procurar a vovó? Eu sou a tua querida filha veneziana e fui eu mesma que fiz esse canal.

Então a avó se levantou e disse:

– Que tal uma brincadeira mais divertida? Nós seremos duas antigas venezianas que estão reconstruindo Veneza.

Então elas começaram a construir no meio da charneca. Fizeram os alicerces dos palácios da praça São Marcos com galhos pequenos e os telhados com pedras achatadas, depois escavaram mais canais e ergueram várias pontes sobre eles. As formigas negras iam de um lado para outro sobre as pontes, sob as quais as gôndolas deslizavam ao luar. Sofia foi até a praia buscar mármore branco.

– Veja, mamãe! – ela gritou. – Encontrei um novo palácio!
– Filha querida, só o teu pai é que me chama de mamãe! – exclamou a avó de Sofia com uma voz aflita.
– Ah é? – Sofia gritou. – E por que só ele pode chamar a senhora de mamãe?

Ela atirou o palácio num canal e se afastou.

A avó se sentou na varanda para fazer um palácio ducal de cortiça. Quando o palácio ficou pronto, ela o pintou em aquarela e dourado. Sofia voltou e observou aquilo.

– Aqui moram um pai e uma mãe com a sua filha – a avó esclareceu. – Bem aqui nessa janela. A filha acabou de jogar o prato que usou no jantar pela janela. O prato se esfacelou quando caiu na praça, pois era de porcelana. O que teria dito a mãe dela?

– Eu sei o que ela disse! – Sofia exclamou. – A mãe dela disse: "Filha querida, você acha que a mamãe tem infinitos pratos de porcelana?"

– E o que foi que a filha dela respondeu?

– Ela disse: "Está bem, mamãe, eu prometo que, daqui em diante, só vou jogar pratos de ouro!"

Elas colocaram o palácio na praça, mas o pai, a mãe e a filha continuaram morando dentro dele. A avó construiu vários outros palácios. Muitas famílias se mudaram para Veneza e gritavam umas para as outras por sobre os canais:

– A casa de vocês afundou muito?

– Sim, mas não tem perigo algum. A minha mãe disse que foi no máximo uns trinta centímetros.

– O que é que a tua mãe vai fazer hoje no jantar?

– Perca assada...

À noite, todos os venezianos dormiam aconchegados uns nos outros e ouviam-se apenas as formigas passando sobre as pontes. A avó foi se empolgando cada vez mais. Ela construiu um hotel, uma casa de massas e um campanário com um leãozinho no topo. Ainda lembrava o nome das ruas, apesar de ter se passado muito tempo desde que viajara a Veneza. Um dia, uma salamandra verde se instalou no Canal Grande e o trânsito de gôndolas teve que fazer um enorme desvio. Naquela mesma noite começou a chover e soprou um vento sudoeste. A rádio anunciou que se tratava de uma zona de baixa pressão e ventos de intensidade 6 na escala de Beaufort, então todos ficaram tranquilos. Porém, de madrugada, quando a avó despertou como costumava fazer e ouviu uma chuva torrencial golpeando o telhado, lembrou de sua Veneza submersa e ficou irrequieta. O vento soprava forte e apenas uma faixa de praia separava a charneca do oceano. A avó voltou a adormecer e acordou de novo mais tarde, ainda pensando na Veneza dela e da netinha, enquanto ouvia o ruído da chuva e dos vagalhões. Quando o dia começou a clarear, ela se levantou, vestiu uma capa de lona sobre a camisola e um chapéu impermeável.

Já não estava chovendo tão forte, porém, a terra estava encharcada e escura.

"Agora sim a vegetação vai crescer que é uma beleza", a avó pensou, absorta.

Ela se apoiava com toda a força na bengala para conseguir avançar contra o vento. Aquele alvorecer cinzento era lindo, com suas nuvens de chuva compridas e paralelas marchando céu afora. Gansos brancos deslizavam no oceano verde-oliva. Ela não demorou a perceber que toda a extensão da praia estava submersa, e então viu quando Sofia veio correndo colina abaixo.

– O palácio afundou! – Sofia gritou. – A menina desapareceu!

A casinha de brinquedo estava aberta e com a porta batendo.

– Agora vai e te deita um pouco – a avó sugeriu. – Tira essa camisa encharcada, fecha a porta e deita. Eu vou procurar o palácio. E prometo que vou encontrá-lo.

Sofia chorava com a goela escancarada e nem ouviu o que a avó disse. No fim, a avó achou melhor levá-la até a casinha de brinquedo para ter certeza de que ela iria se deitar.

– Eu vou encontrar o palácio – ela repetiu. – Agora pare de chorar e durma.

Ela fechou a porta atrás de si e voltou à praia. Ao chegar lá embaixo, a avó viu que a charneca tinha se convertido numa enseada. As ondas subiam até as urzes e retrocediam até o oceano e as raízes dos amieiros estavam debaixo d'água. Veneza estava no fundo do oceano.

A avó ficou parada olhando aquela cena por um bom tempo, depois virou as costas e voltou para casa. Acendeu o lampião, colocou os óculos e pegou suas ferramentas, além de um belo pedaço de cortiça.

O palácio ducal ficou pronto às sete horas, exatamente quando Sofia veio bater à porta.

– Espera um pouco! – a avó exclamou. – A porta está trancada com a tramela.

– A senhora a encontrou? – Sofia gritou. – Ela ainda está viva?

– Sim – a avó respondeu. – Estão todos vivos.

O palácio parecia demasiado novo, como se nunca tivesse passado por uma inundação. A avó de Sofia se apressou em pegar um copo d'água e derramá-lo sobre o palácio ducal. A seguir, esvaziou o cinzeiro numa das mãos e esfregou as cinzas nas cúpulas e na fachada, enquanto Sofia continuava forçando a porta e gritando que queria entrar. A avó abriu a porta e exclamou:

– Tivemos sorte!

Sofia observou o palácio detidamente. Ela colocou-o sobre a mesinha de cabeceira, sem dizer nada.

– Tudo sob controle, não é mesmo? – a avó perguntou, ansiosa.

– Quietinha! – Sofia sussurrou. – Quero ouvir se ela ainda está lá.

Elas escutaram por um bom tempo. Então Sofia disse:

– A senhora pode ficar tranquila. A mamãe disse que o tempo estava horrível. Ela terminou de arrumar a casa e está totalmente exausta.

– Compreensivelmente – disse a avó.

Calmaria

É bem raro acontecer de fazer uma calmaria tão grande que até mesmo um barquinho com motor de popa se atreva a navegar até o Monte Funerário, o último arrecife do Golfo da Finlândia. São várias horas até chegar lá e é preciso levar suprimentos para um dia inteiro. O Monte Funerário é um arrecife comprido que à distância parece duas ilhas, dois dorsos lisos, com uma baliza de navegação num deles e um pequeno farol no outro. Não, não há nenhum monte funerário por lá. Ao se aproximar, consegue-se ver que aqueles dorsos de rocha são de fato lisos como focas e que entre eles há um istmo comprido e estreito de seixos. Seixos lisos e arredondados.

O oceano reluzia como azeite, mas tinha uma cor tão opaca que mal se podia afirmar que era azul. A avó se sentou no meio do barco, embaixo do seu guarda-sol violeta. Ela detestava a cor violeta, mas não havia outro guarda-sol; além disso, aquela cor era tão bonita e luminosa quanto o oceano. Aquele guarda-sol fazia com que elas parecessem ser as veranistas mais típicas, mas isso elas não eram. A família aportou em terra firme num ponto qualquer, pois não havia nenhum lado especialmente abrigado do vento e tudo era calmaria. Eles desembarcaram seus apetrechos e guardaram a manteiga na sombra. A colina estava tão quente que os pés de todos ardiam. O pai de Sofia fincou o guarda-sol numa fenda. Era lá onde a avó devia ficar, deitada num colchão inflável, aproveitando. Ela viu quando cada um deles foi para o seu lado. A ilha era tão grande que não tardou a ver vários pontinhos se movimentando pela praia. Então, ela saiu de baixo do guarda-sol, pegou sua bengala e também foi para o seu lado, não sem antes embolar umas blusas e roupas de banho em cima do colchão para que tivessem a impressão de que ela ainda estava ali dormindo.

A avó desceu até a praia e achou um lugar interessante onde o rochedo era interrompido por um barranco. Apesar de ser pleno dia, o barranco jazia em sua própria sombra e seguia descendo até o mar um bom trecho, como se fosse um sulco de sombra. Ela se sentou e escorregou um pouco na direção da areia lá embaixo até por fim cair de bunda no barranco, e então pôde ficar sozinha e em paz. Acendeu um cigarro e contemplou os vagalhões amplos e discretos. Aos poucos, o barco foi surgindo por trás do istmo: era o pai de Sofia contornando o banco de areia para ir lançar sua rede.

– Ah, aí está a senhora! – Sofia exclamou. – Fui tomar um banho de mar.

– E a água estava gelada? – a avó perguntou.

Dali debaixo, a menina parecia uma pequena sombra contra o sol, uma manchinha.

– Frio pra chuchu! – Sofia exclamou e então pulou do barranco.

O barranco era totalmente coberto de pedras, algumas do tamanho de uma cabeça e as demais cada vez menores, até aproximadamente o tamanho de bolinhas de gude. Elas acharam um lugar onde a rocha estava incrustada de minúsculas pedras preciosas conhecidas como granadas-da-finlândia, que ocasionalmente se veem por aí, e tentaram extraí-las usando um canivete. Mas aquilo não deu certo, aliás nunca dava certo. Depois, elas lancharam pão de centeio crocante e observaram o barco; todas as redes estavam lançadas e o barco voltou e depois sumiu detrás do istmo.

– Sabe que às vezes eu sinto um tédio enorme quando tudo está bem? – Sofia perguntou.

– É mesmo? – a avó retrucou e então acendeu outro cigarro.

Aquele era apenas o segundo cigarro que ela fumava antes do meio-dia. Ela tentava fumar escondida, sempre que se lembrava.

– Não acontece nada por aqui – a neta explicou. – Eu queria escalar a baliza de navegação, mas o papai não deixou.

– Lamentável! – a avó exclamou.

– Não, não é lamentável – Sofia retrucou. – É só uma bobagem mortal!

– De onde você tirou isso de "mortal"? Você diz "mortal" o tempo todo!

– Não sei de onde tirei isso. Mas é que soa tão bem.

– O roxo é uma cor mortal! – exclamou a avó. – Uma vez, eu encontrei uma carcaça de animal. Era uma carcaça de porco. Cozinhamos um pedaço do pernil durante uma semana e ainda assim soltava um fedor mortal! Fizemos isso porque o teu pai queria levar os ossos para a escola. Era para um trabalho de aula de ciências.

– Como assim? – Sofia perguntou. – Para quê? E que escola?

– Quando o teu pai ainda era pequeno.

– Que idade ele tinha? E que porco era esse? Como era o nome dele?

– Ai, ele não tinha nome algum – a avó respondeu. – Sabia que um dia o teu pai teve a mesma idade que tu?

– Mas agora ele é adulto – disse a menina e começou a limpar a areia do meio dos dedos dos pés.

Elas seguiram andando, cada uma absorta em seu próprio silêncio. Depois de alguns instantes, a avó comentou:

– Nesse exato momento, ele acha que eu ainda estou dormindo lá debaixo daquele guarda-sol.

– Mas a senhora não está! – Sofia exclamou. – A senhora está aqui comigo, fumando escondida.

Então, elas juntaram algumas pedras que ainda não tinham ficado totalmente esféricas e as lançaram ao mar para que ficassem ainda mais arredondadas. O sol continuou sua passagem e o barco contornou o istmo e recolheu as redes, para em seguida lançá-las novamente.

– Que azar mortal com os peixes! – a avó de Sofia exclamou.

– Quer saber de uma coisa? – Sofia se manifestou. – Vou ter que deixar a senhora sozinha, pois só tomei dois banhos de mar até agora. A senhora não vai ficar entediada?

– Eu também quero ir tomar banho de mar – a avó respondeu.

Sofia disse, arrependida:

– A senhora também pode ir tomar banho de mar. Mas eu é que vou escolher o local.

Elas ajudaram uma à outra a subir o barranco e contornaram o rochedo para não se deixarem avistar. Na diagonal, atrás da baliza de navegação, havia um manguezal enorme e profundo.

– Está bem aqui? – Sofia perguntou.

– Sim, está bem – a avó respondeu, desnudou as pernas e as enfiou no manguezal.

A água estava morna e agradável. Uma pequena carcaça marrom rodopiou até a superfície, além de um enxame de girinos, que logo voltaram a se acalmar. Ela espichou os dedos do pé e estendeu as pernas ainda mais para baixo. Num ponto onde o manguezal se estreitava, crescia um ramo imenso de lisimáquias, enquanto as vermiculárias amarelas enfeitavam as fendas do rochedo. O pai de Sofia tinha acendido uma fogueira bem ao longe e a fumaça subia totalmente vertical.

– Eu acho... – disse a avó da menina. – Eu acho que, durante todos esses anos que venho navegando por essas ilhas, nunca fez uma calmaria tão grande como essa. Sempre costuma ventar. Ele nunca navegava se não houvesse temporal. O nosso barco tinha uma vela cevadeira. Ele guiava o barco e eu ficava de olho nas balizas de navegação no escuro, eu mal conseguia enxergar; a baliza norte eu via, já a baliza oeste eu não via, e uma vez, quando o leme se desprendeu...

– A senhora consertou o leme com um prendedor de cabelo – Sofia completou.

A avó mexeu o pé no manguezal, sem dizer nada.

– Ou será que foi com um alfinete? – Sofia acrescentou.

– Não me lembro muito bem de determinados dias. Quem é mesmo que guiava o barco? O teu avô, é claro – a avó respondeu. – Ou seja, meu marido.

– A senhora já foi casada? – Sofia gritou, completamente tomada de surpresa.

– Mas que coisa... – a avó resmungou, antes de falar mais alto: – Você deve fazer essas perguntas sobre os antepassados ao teu pai, pede para ele escrever tudo numa folha de papel. Isso é, se você realmente tiver interesse.

– Acho que não – disse Sofia com uma voz calorosa. – Porque agora estou bastante ocupada.

A baliza de navegação era bastante alta. Era pintada de branco e tinha um triângulo vermelho no centro. O espaço entre as traves era tão grande que as pernas mal alcançavam, e após cada passo os joelhos dela começavam a tremer, não muito forte, mas o suficiente para que ela tivesse que parar até que o tremor passasse. Então, vinha a pernada seguinte. Sofia já estava quase alcançando o topo quando a avó a enxergou. E percebeu de imediato que não devia gritar. Devia, isso sim, era aguardar até que a menina voltasse a descer. Aquilo não era nada perigoso, afinal toda criança tem algo de macaco, elas conseguem se segurar firme e não despencam se a gente não as xingar.

Sofia agora escalava bem devagar, fazendo uma longa pausa entre cada passo. A avó percebeu que ela estava com medo. Então, ela se ergueu demasiado de supetão e a bengala rolou até o manguezal; a colina se transformou inteira num terreno inseguro e hostil, que dava voltas à frente dela. Sofia deu mais um passo.

– Você está indo bem! – a avó gritou. – Agora só falta mais um pouquinho para chegar ao topo!

Sofia continuou. Ela conseguiu agarrar a última trave e depois ficou parada.

– Agora você tem que descer outra vez – disse a avó.

Porém, a menina continuou imóvel. O sol estava tão quente que a baliza de navegação cintilava, todos os contornos ondeavam.

– Sofia! – a avó exclamou. – A minha bengala caiu no manguezal e eu não consigo firmar as pernas.

Ela esperou e então gritou mais uma vez:

– Isto não é nada bom, entendeu? Estou com muita dificuldade para manter o equilíbrio hoje, e realmente preciso da bengala!

Sofia começou a descer, e aos poucos ela conseguiu, um passo de cada vez.

"Maldita fedelha!", a avó pensou. "Que menina terrível. Mas é isso que acontece quando eles são proibidos de fazer tudo que é divertido. Pelo menos se já completaram uma certa idade."

Sofia estava lá embaixo, no rochedo. Ela foi até o manguezal buscar a bengala e a entregou à avó sem nem olhar para ela.

– Você leva jeito para escalar. Além de ser corajosa, pois vi como você teve que superar o medo. Devo contar ao teu pai ou isso fica entre a gente? – perguntou a avó, com um tom neutro.

Sofia ergueu um dos ombros e olhou para a avó:

– Talvez seja melhor que isso fique entre a gente – ela disse. – Mas a senhora tem que prometer que vai confessar tudo em seu leito de morte, para que a história não se perca.

– Essa é realmente uma excelente ideia! – a avó respondeu.

Então ela foi até a colina e se sentou ao lado do colchão inflável junto ao guarda-sol roxo.

O gato

O gato era ainda um filhote bem pequeno quando chegou, e só conseguia tomar leite de mamadeira. Felizmente, a mamadeira de Sofia ainda estava guardada no sótão. No início, o filhote de gato dormia aos pés da cafeteira para se manter quentinho, porém, quando já conseguia se manter sobre as próprias pernas, passou a dormir na cama de Sofia, na casinha de brinquedo. E tinha até o seu próprio travesseiro, que ficava ao lado do dela.

Ele era um gato-pescador cinza e crescia bem rapidamente. Um dia, o gato trocou a casinha de brinquedo pela casa principal, onde passava as noites dormindo na pia da cozinha. Ou seja, a essas alturas já tinha suas próprias ideias. Sofia levou o gato de volta à casinha de brinquedo; ela fez de tudo para convencê-lo, porém, quanto mais ela gostava dele, mais rapidamente ele voltava para a pia. E quando a pia estava cheia, o gato miava até que alguém lavasse a louça suja. O nome do gato era Ma Petite, mas todos o chamavam Mappe.

– O amor é curioso – disse Sofia. – Quanto mais a gente ama alguém, menos esse alguém gosta da gente.

– É bem assim mesmo – a avó comentou. – Mas o que fazer nesse caso?

– Continuar amando – Sofia respondeu, bruscamente. – A gente ama cada vez mais.

A avó suspirou, sem dizer nada.

Mappe era levado para todos os lugares de que um gato poderia gostar, olhava em volta e seguia seu caminho. Ele se encolhia todo e, com a devida delicadeza, pulava dentro da pia.

Depois, aquele gato ganhou uma autoconfiança tremenda e passou a olhar tudo com desdém, pois nada mais no mundo, além de comer e dormir, parecia lhe interessar.

– Sabe de uma coisa – disse Sofia. – Às vezes acho que odeio o Mappe. Não consigo mais ter carinho por ele, só que continuo pensando nele o tempo todo!

As semanas se passavam e Sofia continuava assediando o gato. Ela falava mansinho e o tratava com confiança e compreensão. Apenas numa ocasião ela perdeu a paciência com ele, deu um berro e pegou o gato pelo rabo. Com isso, Mappe se ouriçou e disparou para baixo da casa, e depois disso passou a ter ainda mais apetite e dormir ainda mais do que de costume, imerso em sua maciez inacessível, cobrindo o nariz com as patas.

Sofia não queria mais saber de brincar e passou a ter pesadelos. Ela não conseguia pensar noutra coisa que não fosse o gato, que não queria saber de dar confiança a ela. Com o tempo, Mappe cresceu e se transformou num gato esbelto e selvagem, e numa bela noite de junho não voltou mais à sua pia. De manhã, ele entrou na casa e se espichou; primeiramente as patas dianteiras, deixando o traseiro exposto, depois as patas traseiras, fechou os olhos e começou a afiar as garras numa cadeira de balanço. Depois, pulou até a sua cama para dormir, esbanjando uma superioridade serena.

"Esse felino começou a caçar", a avó pensou com seus botões.

E ela tinha razão. Já na manhã seguinte, o gato entrou e largou um passarinho cinza-azulado na soleira. O pescoço da ave apresentava um belo de um talho, e um punhado de gotas vermelhas de sangue repousava formosamente no reluzente atavio de penas. Sofia ficou pálida ao contemplar, atônita, a ave assassinada. Ela passou por Mappe, o assassino, contornando-o com passos curtos, até se virar e sair correndo dali.

Mais tarde, a avó se referiu àquele acontecimento peculiar, explicando que os animais selvagens, dos quais os gatos são um exemplo, não conseguem entender a diferença entre um rato e uma ave.

– Então eles são bem burros – Sofia disse, bruscamente. – Pois se os ratos são bichos asquerosos e as aves são animais maravilhosos! Acho que não vou falar com o Mappe por uns três dias.

E de fato ela parou de falar com o gato.

Toda noite, o gato ia até a floresta e de manhã agarrava sua presa e a trazia até a casa para ganhar admiração. Toda vez, a ave era lançada ao mar. Então, Sofia ia até a janela e gritava:

– Posso entrar? O cadáver já foi recolhido?

Ela punia Mappe e aumentava a própria aflição com sua austeridade corrosiva. De vez em quando, ela gritava:

– Alguém já lavou as nódoas de sangue?!

Ou então:

– Quantos foram assassinados hoje?

Os cafés da manhã da família nunca mais foram como antes.

Sentiram um grande alívio quando Mappe finalmente aprendeu a dissimular os seus crimes. Uma coisa é ver uma poça de sangue, outra completamente distinta é apenas estar ciente dela. É provável que Mappe tenha se cansado de todas as gritarias e bate-bocas, ou talvez achasse que a família comia as aves que ele trazia. Uma manhã, quando a avó fumava o primeiro cigarro do dia na varanda, a piteira escapou-lhe da boca e caiu por uma fenda no chão. A avó arrancou uma tábua do assoalho e então viu o que Mappe tinha aprontado: uma fila de passarinhos regurgitados. É claro que ela sabia que o gato continuava caçando, pois simplesmente não conseguia deixar de fazê-lo. Mesmo assim, da próxima vez que ele roçou sem querer na perna dela, ela puxou a perna e resmungou:

– Seu demônio safado!

Na escadaria, o peixe continuava intacto no pote do gato, juntando mosca.

– Quer saber de uma coisa? – Sofia perguntou. – Eu queria que o Mappe nunca tivesse nascido. Ou que eu nunca tivesse nascido. Seria muito melhor assim.

– Ou seja, vocês continuam sem se falar? – a avó perguntou.

– Não trocamos sequer uma palavra – Sofia respondeu. – Não sei mais o que fazer. Pois perdoar, também seria ruim, já que ele não estaria nem aí para mim!

A avó não tinha a mínima ideia de como responder àquilo.

Mappe se tornou um gato silvestre e era muito raro que viesse até a casa. Ele tinha a mesma cor da ilha, uma coloração clara amarelo-acinzentada com tons listrados, como os da montanha ou raios de sol num areal. Ao se meter no areal, os movimentos do gato eram iguais aos do vento deslizando entre as folhas de relva. Ele se embrenhava na mata onde montava guarda por horas, a silhueta imóvel, os dois olhos penetrantes voltados na direção do pôr do sol, até que desaparecia subitamente... e algo piava, uma única vez. Mappe se esgueirava debaixo dos abetos, encharcado de chuva, esbelto como um caniço, e se lambia voluptuosamente quando o sol aparecia. Ele era um gato absolutamente feliz, mas não se dava com ninguém. Rolava durante dias inteiros sobre o rochedo plano, às vezes mordiscava a grama e regurgitava suas bolas de pelo com aquela paz e serenidade típica dos gatos. E ninguém sabia o que ele fazia naqueles interregnos.

Num sábado, a família Övergårds veio tomar café na casa. Sofia desceu até a praia para dar uma olhada no barco deles. O barco era enorme e estava lotado de caixas, galões de combustível e cestas, numa das quais havia um gato miando.

Sofia ergueu a tampa e o gato lambeu a mão dela. Era um gato branco e enorme, com um rosto redondo. O gato não parou de ronronar nem quando ela o ergueu da cesta e o levou à terra firme.

– Ah, então você encontrou o gato? – Anna Övergårds perguntou. – Ele até que é simpático, só que não sabe caçar ratos, então a gente estava pensando em dá-lo ao engenheiro.

Sofia se sentou na beira da cama, ainda trazendo em seu colo o gato pesado, que ronronava o tempo todo. O gato era macio, caloroso e submisso.

O assunto foi resolvido com facilidade: uma garrafa de rum entrou de lambuja naquele escambo. Mappe foi capturado e não teve noção do que estava acontecendo até que o barco dos Övergårds já estava a caminho do vilarejo.

O gato novo se chamava Svante. Svante comia carpa e gostava que lhe fizessem carinho. Ele se instalou na casinha de brinquedo e dormia toda noite nos braços de Sofia, e toda manhã vinha para o café da manhã e seguia dormindo junto ao fogão. Nos dias ensolarados, ele rolava sobre o rochedo morno de sol.

– Aí não! – Sofia gritou. – Esse lugar é do Mappe!

Ela levou o gato um pouco mais longe, então ele lambeu o nariz dela e ficou rolando naquele novo lugar.

O verão ficara ainda mais bonito, uma longa sequência de calmos dias azuis de verão. Todas as noites, Svante dormia com o nariz colado na bochecha de Sofia.

– Acho que sou um pouco esquisita – disse Sofia. – Acho o maior tédio quando faz tempo bom.

– É mesmo? – a avó perguntou. – Então você é exatamente como o seu avô, ele também adorava um temporal.

E, antes que ela continuasse falando do avô da menina, Sofia seguiu seu caminho.

Aos poucos, começou a ventar, inicialmente uma brisa tímida durante a madrugada que de manhã se transformou num legítimo vento sudoeste que jogava espuma sobre o rochedo inteiro.

– Vovó, acorda! – Sofia sussurrou. – Acorda, vovó querida, o temporal chegou.

Svante ronronou e espichou suas patas mornas de tanto dormir em todas as direções, deixando o lençol cheio de pelos.

– Levanta! O temporal chegou! – Sofia gritou.

Ao que o gato apenas virou seu largo ventre. Então, de repente ela ficou terrivelmente furiosa, deu um chute na porta, atirou o gato na ventania lá fora, viu quando ele encolheu as orelhas e gritou:

– Vai caçar! Faz alguma coisa! Aja como gato!

Depois, ela começou a chorar, correu até a dependência de hóspedes e bateu à porta.

– Mas o que foi agora? – a avó perguntou.

– Quero o Mappe de volta! – Sofia gritou.

– Mas você já sabe o que vai acontecer, não sabe? – a avó perguntou.

– Sim, vai ser horrível! – Sofia respondeu, séria. – Mas é do Mappe que eu gosto!

E então os gatos foram destrocados.

A gruta

No fundo da enseada da maior ilha, uma relva curta e verdíssima crescia na areia. As raízes daquela grama eram das mais resistentes que havia; elas se enroscavam formando nós e tornando-se um aglomerado rígido que resistia a qualquer onda. As enormes ondas do mar rebentavam diretamente no fundo arenoso. Porém, no fundo da enseada, chocavam-se contra a grama e se acalmavam. Até conseguiam arrastar a areia, porém, o máximo que acontecia com os chumaços de grama era ficarem submersos um instante para logo se reorganizarem em novos montículos e camalotes. Era possível vadear por uma grande distância enseada adentro e ainda sentir a grama com os pés. Em terra firme, a grama crescia em meio às algas, e mais acima ela se convertia numa selva em meio às ulmárias, urtigas, ervilhacas e todas as demais espécies que apreciam o sal. Aquela era uma floresta bastante densa e alta, nutrindo-se sobretudo de algas e peixes em decomposição. Ela crescia o mais alto que podia e, quando não conseguia mais subir, topava com salgueiros, sorveiras e amieiros, os quais se reclinavam o máximo que conseguiam. Caminhar entre elas de braços abertos era como nadar. Na época da florada, as cerejeiras-bravas, mas sobretudo os amieiros, exalavam um odor como o de mijo de gato.

Sofia abriu uma picada em meio à floresta com um tesourão, trabalhando pacientemente quando tinha vontade, e ninguém mais sabia sobre aquela trilha, que começava em torno de uma enorme e conhecida roseira da espécie *Rosa rugosa*. Ao florir, a roseira dava rosas bastante peculiares que aguentavam as tormentas, mas despencavam quando bem entendiam sempre que vinha alguém do vilarejo para admirá-las. As raízes altas da roseira eram enxaguadas pelas ondas do mar e as algas se enroscavam em seus galhos. De sete em sete anos, a roseira-rugosa morria devido ao sal e à privação, porém, suas filhas sobreviviam na areia do entorno, e tudo continuava como antes: ela apenas se movera alguns passos. A trilha seguia por um trecho complicado de urtigas, depois vinham as espireias, as groselheiras-alpinas e as lisimáquias debaixo dos amieiros. Já no limiar da floresta havia uma enorme cerejeira-brava. Num dia de sorte, com o vento certo, era possível se deitar ao pé da cerejeira-brava e então todas as pétalas de flor caíam de um só golpe. Porém, era preciso ter cuidado com os pulgões-das-plantas! Eles se agarravam firme na cerejeira-brava se deixados em paz, mas, sacodindo os galhos da árvore, mesmo que suavemente, eles despencavam.

Depois da cerejeira-brava vinham os abetos e o terreno pantanoso, e então a colina ia subindo, e toda vez que alguém ia até lá sempre se surpreendia com a gruta. Isso porque ela sempre aparecia de repente, como que do nada. Ela era estreita e tinha um cheiro pútrido, suas paredes eram pretas e úmidas, e bem no fundo havia um altar com um musgo verde tão denso e fino como pelúcia.

– Eu sei de algo que a senhora não sabe! – Sofia exclamou.

A avó botou de lado o romance policial que estava lendo e se virou.

– Adivinha o que é? – Sofia perguntou, sem dizer mais nada.

– Não sei – a avó respondeu.

Então, elas pegaram o aerobarco* e atracaram numa rocha. Depois, se arrastaram em torno da roseira-rugosa. Era um dia excelente para percorrer aquela trilha secreta. A avó começou a se sentir um pouco tonta e achou melhor se arrastar do que andar.

---

* Embarcação de baixo calado, armada sobre uma estrutura plana, com um ventilador potente instalado acima da água na popa e manobrado com uma alavanca que move os lemes localizados ao lado da hélice que impele o barco, usado em locais de difícil acesso a outras embarcações, pois consegue operar com cerca de um palmo de profundidade de água e até mesmo no lodo. [N. do T.]

– Tem urtigas por aqui – disse a avó.

– Sim, foi o que eu disse antes – Sofia respondeu. – Rasteje mais rápido, só falta um pouquinho agora.

Então elas chegaram até as espireias, as lisimáquias e a cerejeira-brava. Lá, Sofia se virou e disse:

– Agora a senhora pode relaxar e fumar um cigarrinho.

Porém, a avó esquecera os fósforos em casa. Elas se deitaram ao pé da cerejeira-brava para pensar, e Sofia perguntou o que é que se devia colocar num altar.

– Algo fino e incomum – a avó dela respondeu.

– Como por exemplo?

– Ah, de tudo...

– Mas explique direito!

– Não me ocorre nada no momento – a avó se limitou a responder, pois não estava se sentindo nada bem.

– Talvez um punhado de ouro? – Sofia especulou. – Apesar de isso não ser algo incomum.

Elas rastejaram mais um pouco em meio aos abetos e, quando estavam quase chegando na gruta, a avó vomitou sobre o musgo.

– Isso acontece – disse a menina. – A senhora lembrou de tomar o seu Gardenal?

A avó, que havia se deitado de través, não respondeu.

Depois de alguns instantes, Sofia sussurrou:

– Posso ficar mais tempo com a senhora hoje.

Fazia um frescor agradável debaixo dos abetos. Como não tinham pressa, elas tiraram um breve cochilo. Ao despertar, elas rastejaram um pouco mais até a entrada da gruta, mas a avó estava roliça demais e não conseguiu entrar.

– Me conta como é aí dentro – disse a avó.

– Aqui dentro é verde – Sofia contou. – Cheira a podre, é de uma beleza incrível e o lugar bem no fundo é sagrado, pois Deus vai em pessoa até ali, por exemplo, dentro de uma caixa.

– É mesmo? – a avó perguntou, enfiando a cabeça na gruta o máximo que conseguia. – E o que é aquilo lá?

– São uns cogumelos imprestáveis – Sofia respondeu.

Porém, a avó percebeu que eram champignons, tirou o chapéu da cabeça e mandou a neta ir até lá colher cogumelos até encher o chapéu.

– Você disse que Ele fica dentro de uma caixa? – a avó perguntou.

Então, ela puxou a sagrada caixa de Gardenal, que agora estava vazia, e Sofia rastejou até o fundo da gruta outra vez para deixar a caixa sobre o altar.

Então, elas voltaram pela trilha, passaram em volta da roseira-rugosa e desenterraram uma das filhas da roseira para plantar junto à escadaria da dependência de hóspedes. As raízes se soltaram de um só golpe sem qualquer ruído, junto com um torrão de terra, e elas guardaram tudo numa caixa de Gordon's Gin que encontraram em meio às algas. Um pouco mais adiante, encontraram um velho chapéu de vime para os cogumelos, então a avó pôde receber de volta o seu chapéu.

– Em tudo se dá um jeito – disse Sofia. – Precisamos de mais alguma coisa? Me diga exatamente o que é que a senhora deseja!

A avó avisou que estava com sede.

– Certo – Sofia disse. – Espere aí que eu já volto.

Então ela foi andando pela praia até encontrar uma garrafa parcialmente enterrada, sem rótulo algum. Elas abriram a garrafa, que espumou, apesar de não ser água de Vichy, mas sim água mineral com suco de limão, que era a preferida da avó.

– O que foi que eu falei? – Sofia gritou. – Em tudo se dá um jeito! Agora vou encontrar um regador novo para a senhora.

Porém, a avó disse que estava satisfeita com o seu velho regador. Além disso, ela teve a sensação de que não deviam desafiar o destino por muito mais tempo. Então, elas voltaram para casa num pulo só. É tão tranquilo e maravilhoso poder pular, que elas nem mesmo ficaram com o estômago enjoado. Eram mais de quatro da tarde quando chegaram em casa. Os cogumelos que trouxeram alimentaram a família toda.

A rodovia

Era um trator de esteira, uma máquina enorme e infernal de cor amarelo-limão que, com suas mandíbulas estrepitosas, avançava escandalosamente floresta adentro, tripulada e cercada de rapazes do vilarejo que corriam como formigas histéricas, tentando fazer com que ela fosse na direção certa.

– Que demônios! – Sofia gritou, sem conseguir escutar o próprio grito.

Ela correu para trás de uma pedra com o tarro de leite e viu a máquina abocanhar pedras enormes que jaziam debaixo do seu manto de musgo há milhares de anos e agora eram arrancadas da terra e lançadas ao ar, estalando e se desintegrando quando os pinheiros cediam e eram arrancados com raiz e tudo.

– Meu Deus, socorro! Estão acabando com a floresta inteira!

Sofia batia com os pés no musgo e tremia de cima a baixo, horrorizada e fora de si, enquanto a cerejeira-brava era quietamente arrancada, afundando de um só golpe, e a terra negra subia, reluzente. Então, o trator de esteira deu outra bocada e seguiu berrando adiante. Os rapazes gritavam uns com os outros e estavam tensos, o que não era de surpreender, pois a máquina era alugada e custava mais de cem marcos por hora, incluindo o tempo de deslocamento até a floresta e de volta à garagem. Eles planejavam chegar até a primeira enseada, o que era bastante evidente. Não estavam nem aí para a trilha: simplesmente a atravessaram bruscamente como um lemingo, pois estavam abrindo uma estrada até o mar.

"Não seria nada divertido ser uma formiga nesse momento", Sofia pensou. Uma máquina pode fazer qualquer coisa! Ela seguiu andando, pegou o leite e a correspondência e voltou para casa, não pela trilha, mas sim por aquela estrada colossal que, de repente, ficara em silêncio. A estrada estava cercada por ambos os lados de um súbito caos, como se mãos gigantes tivessem empurrado a floresta, retorcendo-a e afastando-a como se fosse uma relva delicada, relva essa que jamais voltaria a crescer. Os troncos destroçados estavam pálidos e sangravam resina, e floresta adentro jazia uma massa verde imóvel, sem que o vento chegasse a mover qualquer ramo ou folha. Era como dar um passeio entre muros de pedra. As pedras estavam quase ficando secas e a terra que pendia delas se tornara cinzenta; mesmo naquela nova rodovia, havia manchas cinzentas enormes. As raízes estraçalhadas sobressaíam por toda a parte e em alguns pontos eram como finas lanças com uma grande quantidade de torrões de terra secando ao sol, tremeluzentes, sobre árvores invisíveis. Aquela era uma paisagem transformada que resfolegava como o silêncio que se segue a uma explosão ou depois de um grito. Sofia seguiu observando aquilo tudo e continuou andando pela estrada nova, que parecia muito mais longa que a antiga. Na floresta reinava o silêncio. Ao chegar à enseada, ela viu o trator de esteira que, em toda a sua deformidade, contrastava com o mar. A máquina chegara à praia, onde andou de través numa depressão e arremessou aos ares um enorme volume de areia. A relva havia cedido, suave e sub-repticiamente, de uma forma totalmente inexplicável, e ali jazia aquele monstro devorador de floresta, silencioso e arrevesado, encarnação de poderes interrompidos. Ao lado da máquina, Emil Ehrströms estava sentado fumando.

– Onde é que estão os outros? – Sofia perguntou.

– Foram buscar umas coisas de que precisamos – Emil respondeu.

– E o que é que foram buscar exatamente? – Sofia perguntou.

Emil respondeu:

– Como se você entendesse patavinas de máquinas...

Sofia seguiu andando sobre a relva, sobre aquela faixa verde de grama forte que resistia a qualquer temporal, apenas deixando-se submergir e cedendo ligeiramente, e sobrevivia aplainando suas raízes pequenas e densas. Lá ao longe, junto ao istmo, a avó aguardava sentada ao lado do aerobarco.

– Uma máquina e tanto... – Sofia sussurrou. – Ela vai ficar de boca aberta. É como quando Deus deixa cair a Sua mão punidora sobre Gomorra. Vai ser muito divertido passar por aqui de carro em vez de andar a pé.

Solstício de verão

Eles tinham um amigo que nunca se aproximava demais da família deles. O nome desse amigo era Eriksson. Ele passava de barco ao largo da ilha ou talvez pensasse em aparecer por lá, mas no fim das contas não ia. Também havia verões em que Eriksson sequer se aproximava da ilha, nem em seu barco nem em pensamentos.

Eriksson era baixinho, parrudo e tinha a mesma cor que a paisagem, apesar de seus olhos azuis. Quando alguém falava ou pensava a respeito dele, ocorria de a pessoa espontaneamente erguer os olhos para ver o mar. Ele muitas vezes não tinha sorte, enfrentava o mau tempo ou o motor do barco pifava, a correia rebentava ou ficava presa na hélice. Ou então os peixes e as aves não estavam lá onde se presumia que deviam estar. E se ele tinha êxito, os preços caíam, ou então ocorriam outros percalços de todo tipo. Porém, para além e apesar de tudo que é capaz de atrapalhar nossos negócios, há toda uma série de outras possibilidades e coisas que de outra forma jamais nos ocorreriam.

Há muito a família, sem sequer precisar tocar no assunto, compreendera que Eriksson não tinha lá especial afeição por pescarias, caçadas ou motores. Porém, pelo que exatamente ele tinha afeição era algo mais difícil de precisar, apesar de isso ser algo absolutamente compreensível. Seus sentidos e caprichos repentinos planavam sobre as águas como a brisa marinha, ora aqui ora acolá, e ele vivia o tempo todo numa serena tensão. O mar é sempre propício a acontecimentos de uma natureza insólita, uma coisa ou outra vem à tona ou submerge, ou se acomoda à noite no mar quando há viração. É preciso ter sabedoria, imaginação e uma atenção jamais vacilante. E é preciso ter faro, pura e simplesmente. Os grandes acontecimentos sempre se dão em alto-mar, sendo muitas vezes apenas questão de tempo. Junto ao arquipélago acontecem apenas coisas de menor importância, as quais, não obstante, também requerem atenção, afazeres que talvez tenham que ver com os caprichos dos veranistas. Alguém deseja instalar um mastro de navio no seu telhado, outro deseja uma pedra redonda de uma tonelada e meia. Há de um tudo, se a pessoa procura e se tem tempo, quer dizer, se pode se dar ao luxo de procurar, tendo-se na procura a liberdade de encontrar coisas nas quais jamais pensaria de outra forma. Às vezes, as pessoas são como a maioria costuma ser, e querem, por exemplo, um filhote de gato em pleno mês de junho ou então dar a descarga num gato em primeiro de setembro. Isso se arranja. Porém, às vezes, as pessoas têm um sonho e desejam algo que mereça sua dedicação.

Eriksson era um realizador de sonhos. O que ele encontrava para si próprio ninguém sabia muito bem, mas possivelmente muito menos do que as pessoas imaginavam. Porém, ele continuava buscando, talvez apenas pelo prazer da busca.

Uma das tantas coisas misteriosas e fascinantes que havia em Eriksson era o fato de ele não falar de si mesmo, o que aparentemente não lhe apetecia. Ele tampouco falava dos outros, pelos quais não tinha lá tanto interesse assim. Suas raras visitas podiam se dar a absolutamente qualquer hora do dia, e ele jamais se demorava muito. Se calhasse, ele aceitava um cafezinho, petiscava algo ou tomava um trago por pura educação, depois se calava, ficava desinquieto, ouvia um pouco do que os outros tinham para dizer e então se ia. Pelo tempo que as visitas de Eriksson duravam, a família concentrava toda a atenção nele. Ninguém fazia mais nada, ninguém botava os olhos noutra coisa além de Eriksson. Eles ouviam atentamente cada palavra que ele dizia e, depois que ele ia embora, sem de fato ter dito coisa alguma, ficavam pensando seriamente em todo o não dito que ele havia deixado para trás.

Eriksson ocasionalmente desembarcava na ilha trazendo presentes quando passava por lá ao amanhecer, um salmãozinho ou um punhado de bacalhaus, uma muda de rosa silvestre numa caixa de papelão ou uma plaquinha que dizia "CABINE DO CAPITÃO", uma bela caixinha folhada a zinco ou uma ou duas boias para redes de pesca. Vários desses presentes eram mais tarde avaliados em moeda corrente, pois essa era a única possibilidade de a família tentar atribuir um valor aos seus sonhos. De fato, os sonhos exigem bastante combustível.

Sofia adorava Eriksson. Ele jamais perguntava o que ela fazia nem que idade ela tinha. Todavia, cumprimentava-a com a mesma formalidade com que cumprimentava os demais, além de se despedir dela da mesma forma, com uma rápida reverência e sem mostrar os dentes. Então, a família acompanhava-o até o barco. Tratava-se de um barco enorme, antigo e difícil de fazer pegar. Quando o motor pegava, nada o detinha. Eriksson não cuidava lá muito bem do seu barco, no fundo do qual todo tipo de coisa boiava e cujo costado estava todo arrebentado. Porém, o equipamento de pesca estava em ótimo estado. Eriksson assava seu peixe no calor do motor e dormia num saco de dormir de pele de foca que herdara do avô paterno. Terra, algas, escamas de peixe e areia acompanhavam-no aonde quer que ele fosse; as redes ficavam à popa, as carrancas e as espingardas visivelmente organizadas, mas só Deus sabe o que poderiam conter aqueles caixotes e sacos amontoados na proa. Eriksson recolhia as linhas de pesca a bordo e desatracava. A hélice batia algumas vezes vigorosamente no fundo, afinal estava calejada e aguentava quase tudo, e então Eriksson partia sem acenar em despedida. O barco não tinha nome algum.

Um pouco antes do solstício de verão, Eriksson atracou, descarregou uma caixa sobre a rocha e disse:

– Isso aí é um punhado de fogos de artifício que me deram em pagamento. Se não tiver problema para vocês, eu volto na noite de São João para ver se funcionam.

Ele disse isso com o motor ligado o tempo todo, depois deu a ré e desatracou. A família colocou a caixa, que estava bastante molhada, perto do fogão a lenha para secar.

O solstício de verão ganhou ainda mais importância do que já tinha. A avó de Sofia areou o fogão a lenha e pintou as portinholas do fogão de prateado. Todas as janelas foram lavadas e as cortinas, desencardidas. É claro que ninguém ali tinha a mínima esperança de que Eriksson notasse a diferença, pois ele jamais olhava em volta quando os visitava. Mesmo assim, fizeram aquela faxina apenas para receber a visita dele. Na véspera, colheram vidoeiros, sorveiras e lírios-do-vale. Havia uma quantidade assustadora de mosquitos nas ilhas maiores. E como tremiam de medo dos piolhos-das-plantas, logo voltaram para casa. A casa se transformou num salão verde de tanta folha, tanto por fora quanto nos aposentos internos, cada vidoeiro em seu vaso com água. Quase todas as flores ficavam brancas em junho.

A avó perguntou se não deveriam ter convidado os parentes para a noite de São João, mas ninguém achou que seria conveniente, ao menos não durante a visita de Eriksson, que era do tipo que chegava sozinho e ficava até entender que já era hora de se despedir.

Na manhã da véspera do solstício de verão, uma nortada soprava bastante compacta. Lá pelo meio-dia começou a chover e o pai de Sofia estendeu uma lona sobre a fogueira no istmo. A lona acabou voando e caindo no mar, como aliás sempre acontecia. Então, o pai de Sofia pegou uma garrafa de querosene e a colocou detrás do cerne do fogo, pois seria uma vergonha não conseguir fazer com que a fogueira de São João acendesse. O dia transcorria pachorrento e o vento não amainava. O pai de Sofia trabalhava em sua mesa. Na varanda, montara uma plataforma de lançamento para os fogos de artifício de Eriksson, um tubo que apontava direto para o alto.

Então eles puseram a mesa, ainda antes das quatro. Para Eriksson, trouxeram à mesa arenque, carne de porco, batatas e dois tipos de salada. Além de peras em conserva para a sobremesa.

– Mas se ele nem gosta de sobremesa! – Sofia exclamou, agitada. – Ele também não gosta de salada, pois diz que é capim. A senhora sabe muito bem disso!

– Sim, sim, eu sei – a avó respondeu. – Mas é que a mesa fica tão bonita com tudo isso...

Trouxeram a aguardente que ficava guardada no porão e também leite. Eriksson nunca bebia além de um martelinho ou dois de aguardente por pura educação, já que ele gostava mesmo era de leite.

– Vamos tirar esses guardanapos da mesa! – Sofia exclamou. – São muito bregas!

E a avó tirou os guardanapos da mesa.

Seguia ventando constantemente o dia todo, sem que a força do vento aumentasse. De vez em quando, caía um aguaceiro. As andorinhas-do-mar piavam no istmo. Anoiteceu.

"Quando eu era jovem", a avó pensou, "o tempo era bem diferente. Não soprava sequer uma aragem, sequer uma lufada de vento. Podávamos o jardim e tínhamos um mastro de São João com guirlandas de flores até o galhardete. A única coisa desagradável é que o mastro nunca era queimado. A gente não tinha o costume de prender fogo. Por que será mesmo que nunca prendíamos fogo?"

Deitada na cama, a avó de Sofia observava as folhas de vidoeiro e logo pegou no sono.

De repente, alguém gritou e a porta bateu. A casa estava um tanto às escuras, pois não era costume acender as luzes na noite de São João. A avó se levantou, pois entendeu que Eriksson tinha chegado.

– Depressa! – Sofia gritou. – Ele não está com fome! Vamos agora mesmo ao resgate. Temos que vestir roupas bem quentes e nos apressar!

A avó se levantou ainda cambaleante e ajeitou a blusa, vestiu suas calças de lã e pegou a bengala, além de, no último minuto, enfiar a caixa de Gardenal num dos bolsos. Os demais corriam de um lado para outro e ela ouviu o motor do barco de Eriksson sendo ligado lá embaixo, no atracadouro. A colina estava mais iluminada, o vento avançara na direção oeste, e a avó de Sofia logo terminou de acordar completamente. Ela foi sozinha até lá embaixo na praia e embarcou. Eriksson não a cumprimentou, pois observava o mar com toda sua atenção, e quando desatracou não houve qualquer troca de palavras. A avó se sentou no assoalho do barco. No balanço da embarcação, ela via o mar subindo e descendo rapidamente sobre a amurada, até que enxergou as primeiras fogueiras de São João sendo acesas no litoral, ao norte. As fogueiras não eram muitas, além de praticamente indiscerníveis em meio à névoa da garoa.

Eriksson navegou diretamente rumo ao sul na direção da ilha de Ytterskär, acompanhado de vários outros barcos que, em número cada vez maior, surgiam como sombras em meio à semiescuridão. No oceano cinzento, boiavam engradados pesados com belas garrafas redondas, apenas a parte de cima contrastando com os movimentos da água negra, negra como os barcos que navegavam lenta mas constantemente enquanto recolhiam as caixas a bordo e depois davam outra volta. A salvatagem era como uma dança extremamente precisa. O barco da guarda costeira navegava com seu motor potente e recolhia alguns engradados do seu lado, dando a popa aos demais. Todo mundo que tinha barco estava no mar, cada qual com a popa virada aos outros. Eriksson dirigia o barco e o pai de Sofia pendurava-se na amurada para recolher as caixas a bordo. Eles aumentaram o ritmo e restringiam seus movimentos ao máximo para não desperdiçar preciosos segundos, e por fim atuavam tão perfeitamente em sincronia com os barcos que passavam que aquilo era uma beleza só de se ver. A avó observava, apreciava e recordava. E as bençãos da noite de São João continuaram ungindo a multidão cada vez maior por todo o golfo da Finlândia. Ao longe, em terra firme, alguns foguetes combalidos iam aos ares, flechadas de luzes de sonhos contra o céu cinzento do solstício de verão. Sofia adormeceu no fundo do barco.

Tudo foi resgatado e, tendo ou não ido parar nas mãos certas, ao menos não se extraviaram caprichosamente. Na alta madrugada, a frota se dividiu quase que simultaneamente, navegando cada um por si, cada barco partindo sozinho rumo a seu próprio destino, longe ou bem longe dali. Ao alvorecer, o mar estava completamente vazio. Então, parou de ventar. A chuva se dissipou. A bela e clara manhã de solstício de verão dispôs suas cores no céu. Fazia bastante frio. Quando Eriksson atracou na ilha, as andorinhas-do-mar começaram a piar. Ele manteve o motor ligado e desatracou tão logo a carga foi desembarcada.

Por um instante, o pai de Sofia pensou que é claro que eles deviam ter dividido o butim, mas foi apenas um pensamento fortuito que logo passou. Ele preparou sanduíches abertos para todos e levou a caixa de fogos de artifício que

Eriksson tinha trazido até a varanda. Depois, colocou os foguetes em posição de lançamento. O primeiro não acendeu nem o segundo. De fato, nenhum dos fogos queria acender, pois tinham sido estragados pela umidade. Apenas o último acendeu e subiu na direção do sol nascente, numa chuva de estrelas azuis. As andorinhas-do-mar piaram outra vez, e foi assim que o feriado de São João acabou.

Por segurança, Eriksson voltou para casa navegando rumo ao sul.

A barraca

A avó de Sofia foi escoteira-chefe quando jovem. Na verdade, fora graças a ela que as meninas começaram a ser aceitas como escoteiras na sua época. Elas jamais esqueceram como se divertiram e escreviam com frequência à avó de Sofia recordando isso ou aquilo ou citando trechos de canções que costumavam cantar juntas em volta da fogueira nos acampamentos. A avó achava que aquilo tudo já não existia mais e que aquelas velhas garotas eram um pouco sentimentais demais, apesar de pensar nelas com carinho; bem, pelo menos com um pouquinho de carinho. Então, pensou que o movimento escoteiro tinha se tornado grande demais, deixando de ser algo pessoal. Depois, esqueceu daquilo completamente. Os filhos dela nunca se tornaram escoteiros, afinal, não tinham tempo para isso na época, ou talvez isso sequer tivesse sido cogitado.

Num verão, o pai de Sofia conseguiu uma barraca e montou-a no barranco para se enfiar dentro dela caso viesse muita gente de visita. A barraca era tão pequena que era preciso rastejar para conseguir entrar nela, porém acomodava duas pessoas deitadas bem coladas uma na outra. Contudo, não havia qualquer tipo de iluminação dentro da barraca.

– É uma barraca de escoteiro? – Sofia perguntou.

A avó bufou e então respondeu:

– No meu tempo, costurávamos nossas próprias barracas, e, veja bem, elas eram enormes e firmes, de cor marrom-acinzentada. Isso aí é coisa de criança, um brinquedo amarelo-claro para veranistas, nada mais do que isso.

– Ou seja, não é uma barraca de escoteiro? – Sofia repetiu a pergunta, impaciente.

A avó achou melhor responder que sim, que talvez fosse uma barraca de escoteiro de um tipo mais moderno. Então, elas se esgueiraram para o interior da barraca e ficaram deitadas uma do lado da outra.

– Mas a senhora não pode cochilar! – Sofia exclamou. – A senhora tem que me contar como era ser escoteira e tudo o que vocês faziam nos acampamentos.

Muito tempo antes, quando a avó tinha vontade de contar a respeito de tudo o que as escoteiras faziam, ninguém se dava nem ao trabalho de perguntar. Mas agora aquela vontade tinha passado.

– A gente acendia fogueiras – ela respondeu secamente, sentindo uma melancolia repentina.

– E o que mais?

– A gente acendia uma tora que ardia por bastante tempo. A gente ficava sentada em volta do fogo, pois costumava fazer frio. E tomava sopa.

"É estranho", a avó pensou, "não consigo descrever mais nada, não acho as palavras certas, ou talvez não me esforce o bastante para achá-las. Isso foi há tanto tempo. E ninguém tem nada a ver com isso. Se eu não contar de boa vontade, vai ser como se isso nunca tivesse acontecido, a história termina e depois se extravia." Então, ela se sentou e disse:

– De alguns dias, eu não lembro tão bem assim. Mas, em algum momento, você deveria tentar dormir numa barraca uma noite inteira.

Sofia trouxe suas roupas de cama para a barraca. Quando o sol se pôs, fechou a casinha de brinquedo e disse adeus. Ela se dirigiu totalmente sozinha até o barranco, que naquela noite se tornara um lugar infinitamente isolado, relegado por Deus, pelos homens e pelos escoteiros, um deserto com a noite por diante. Ela baixou o fecho de correr e se deitou em seguida com o cobertor até o queixo. A barraca amarela ardeu ao pôr do sol para em seguida se tornar uma coisa bastante comezinha e diminuta. Ninguém entrava e ninguém saía; ela repousava num casulo hermético de claridade e silêncio. Exatamente no instante em que o sol se pôs, a barraca avermelhou e ela adormeceu.

Já estava na época do ano em que as noites são longas. Ao despertar, Sofia não viu nada além de escuridão. Um pássaro sobrevoou o barranco e piou, de início bem perto e logo mais uma vez, mas já bem longe dali. Era uma madrugada tranquila, apesar de ela ouvir o marulho. Ainda que ninguém passasse pelo barranco, os seixos se moviam como se pisados pelos pés de alguém. Mesmo acolhedora, a barraca permitia que a noite entrasse, então era praticamente como se ela estivesse dormindo ao relento. Outras aves piaram de um jeito diferente; a escuridão estava repleta de movimentos e sons esquisitos, daqueles que ninguém consegue deduzir nem explicar, pois são impossíveis de descrever.

– Ó, meu bom Deus – disse Sofia –, não me deixe ficar com medo.

Ela então começou imediatamente a pensar em como seria ficar com medo.

– Ó, meu bom Deus, não deixe que me desprezem se eu ficar com medo.

Era como se ela ouvisse pela primeira vez na vida. Quando foi até o barranco, sentiu pela primeira vez o terreno contra as plantas e os dedos dos pés, a terra fria, granulada e íngreme como nunca, que se transformava enquanto ela andava; saibro, grama molhada e seixos enormes e lisos, e de vez em quando plantas altas como arbustos roçavam as pernas dela. A terra era negra, ao passo que o céu e o oceano tinham uma sutil claridade cinzenta. A ilha encolhera e repousava no oceano como uma folha errante, porém, ela viu uma luz acesa na janela da dependência de hóspedes. Sofia bateu à janela com extrema cautela, pois todos os ruídos agora eram altos demais.

– Como vão as coisas? – a avó perguntou.

– Tudo ótimo – Sofia respondeu.

Ela se sentou ao pé da cama e olhou para o lampião, as redes e as capas de chuva penduradas na parede, e então disse, quando seus dentes pararam de bater uns contra os outros:

– Não está ventando nada.

– É, não está – a avó respondeu. – É uma calmaria total.

A avó tinha duas mantas. Se elas colocassem uma das mantas sobre o tapete e arranjassem um acolchoado, teriam uma cama extra. Não era o mesmo que voltar à casinha de brinquedo, era praticamente como dormir fora. Não, na verdade ela não estaria ao relento. Mas, apesar de não estar sozinha na barraca, ela ainda assim teria dormido fora.

– Tantos pássaros nessa madrugada – a avó de Sofia disse.

Havia ainda outra possibilidade: pegar um cobertor e ir dormir na varanda, colada à parede da casa. Ali ela estaria tanto ao relento quanto sozinha.

– Ó, meu bom Deus...

A avó disse então:

– Eu não estava conseguindo dormir e comecei a pensar em coisas tristes.

Ela se recostou na cama e se esticou para pegar o maço de cigarros. Sofia alcançou os fósforos e os deu a ela mecanicamente, pois já estava com a cabeça noutro lugar.

– A senhora tem duas mantas, não tem? – Sofia perguntou.

– Quer dizer – a avó prosseguiu –, as coisas se encolhem e dão marcha a ré bem em frente à gente, de forma que coisas antes tão divertidas já não significam mais nada, ficam empobrecidas. E ingratas, de certa forma. A gente poderia pelo menos conseguir conversar a respeito disso.

Sofia começou a congelar novamente. Tinham-na deixado passar a noite na barraca, apesar de ela ser nova demais para passar a noite numa barraca. Ninguém entendia como ela estava se sentindo. Simplesmente a tinham deixado ir dormir sozinha naquele barranco.

– Como é que é? – ela retrucou, furiosa. – O que a senhora quis dizer com nada mais é divertido?

– Ai... – a avó respondeu. – Eu quis dizer que quando alguém chega na minha idade, há tanta coisa de que a gente já não consegue mais participar...

– Ah, mas não é verdade. A senhora participa de tudo! Nós duas fazemos exatamente as mesmas coisas!

– Peraí! – a avó retrucou, alvoroçada. – Eu ainda não terminei! Sei que participo das coisas. Sei que consegui continuar participando por um tempo incrivelmente longo. Sim, eu vi e vivi muita coisa plenamente, foi realmente incrível, eu repito, incrível! Só que agora é como se tudo simplesmente escorresse entre os meus dedos, e eu ou não me lembro ou não me importo com mais nada, exatamente no momento em que mais tenho necessidade disso!

– Do que é que a senhora não lembra? – Sofia perguntou, preocupada.

– Por exemplo, como era dormir numa barraca! – a avó gritou.

Ela amassou a bagana do cigarro, voltou a se deitar e ficou olhando para o teto.

– No meu país – ela disse, sem pressa –, as meninas não podiam passar a noite em barracas. Foi graças a mim que elas puderam fazer isso, e não foi nada fácil, não. Juntas, vivemos coisas maravilhosas, mas agora sequer sei contar como foi aquilo.

As aves voltaram a piar; era um bando enorme que passava por ali, fazendo uma algazarra o tempo todo. A janela estava muito mais negra do que a noite, pois o lampião ardia ali dentro.

– Então eu vou lhe contar como é – disse Sofia. – A gente ouve tudo mais alto e a barraca fica bem pequena.

Então ela pensou um pouco antes de prosseguir:

– A gente fica com uma sensação de segurança absoluta. E é bacana conseguir ouvir tudo.

– É verdade – a avó concordou. – A gente ouve tudo lá fora.

Sofia percebeu que estava com fome e puxou um caixote de mantimentos que havia debaixo da cama. Elas comeram pão de centeio crocante, queijo e rapadura.

– Agora fiquei com um pouco de sono – Sofia disse. – Acho que vou voltar para lá.

– Claro, volte mesmo – disse a avó.

Ela apagou o lampião e, após a escuridão inicial, a dependência de hóspedes voltou a ficar mais clara, de modo que era possível ver tudo bem definido em volta. Sofia saiu e fechou a porta. Depois que ela se foi, a avó voltou a se enrolar no cobertor e tentou se lembrar de como era. Ela conseguia lembrar melhor agora; de fato, ainda lembrava bastante coisa. Novas imagens voltavam, cada vez mais. Fazia frio naquele alvorecer, mas ela adormeceu às mil maravilhas, aconchegada em seu próprio calor.

O vizinho

Um executivo construiu um sobrado em Skränmåshäll. De início, ninguém tocava no assunto, pois havia muito tinham aperfeiçoado um certo dom, a saber, o dom de calar sobre as coisas embaraçosas para torná-las menos embaraçosas. Apesar disso, todos estavam bastante cientes daquele sobrado.

Todo ilhéu assiste ao tempo passar no horizonte com outros olhos. Eles observam as conhecidas linhas curvas das rochas lisas e as balizas de navegação que sempre estiveram no mesmo lugar, e se revigoram com a consciência serena de ter uma visão clara, exatamente como deve ser. Mas a visão agora já não era tão clara, pois fora perturbada por aquele sobrado retangular, um ponto de referência novo e assustador, um talho profundo no horizonte discernível, que até então tinha sido deles e de mais ninguém. Os abrolhos anônimos que formavam o umbral da ilha diante do oceano tinham recebido um nome exótico e fechado suas albufeiras. E o pior de tudo: eles já não eram a família que morava mais mar adentro.

Havia pouco mais de uma milha marítima entre eles e o executivo, que provavelmente também era uma pessoa afável, sendo ainda bastante provável que gostasse de frequentar os demais e que tivesse uma família grande que pisava no musgo, ouvia rádio e gostava de conversar. Isso acontece o tempo todo, e cada vez mais mar adentro.

Numa manhã bem cedo, a cobertura de telhas de zinco foi pregada, um telhado enorme e furioso que reluzia sob uma nuvem de gaivotas e andorinhas-do-mar. O sobrado ficou pronto e os marceneiros seguiram seu caminho. Agora, só restava esperar pelo executivo. Porém, os dias passavam-se e nada de ele chegar.

Num fim de semana, Sofia e a avó pegaram o aerobarco e caíram no mar para dar um passeio. Ao chegar ao cardume de percas, decidiram prosseguir até Knektskär para colher algas, e, ao alcançar a albufeira de Knektskär, estavam a apenas algumas remadas de Skränmåshäll. Não havia atracadouro algum, apenas um talude alto de cascalho. Bem no meio do talude de cascalho, o executivo mandou colocar uma placa enorme com letras pretas:

"PROPRIEDADE PARTICULAR: PROIBIDO DESEMBARCAR"

– Vamos atracar! – exclamou a avó, fula da vida.

Sofia parecia amedrontada.

– Há uma enorme diferença – a avó explicou. – Nenhuma pessoa com um mínimo de educação desembarca na ilha dos outros quando não tem ninguém em casa. Mas se alguém coloca uma placa dessas, aí a gente desembarca, pois isso é pura provocação.

– Claro! – Sofia exclamou, agora consideravelmente mais sabedora das coisas da vida.

Então, elas amarraram o barco na placa.

– Isso que estamos fazendo – a avó continuou – é um protesto. Estamos demonstrando a nossa insatisfação. Entendeu?

– Isso é um protesto! – a neta repetiu, acrescentando, compadecida: – Isso aqui nunca vai virar um atracadouro decente.

– É, nunca mesmo – a avó concordou. – Além disso, a porta da casa está do lado errado. Vão sempre ter problemas quando o sudoeste soprar. E olha ali as cisternas deles. Haha. São de plástico, é claro!

– Haha – Sofia concordou. – São de plástico, é claro!

Elas se aproximaram do sobrado e notaram que a ilha não era mais a mesma. Perdera tudo o que havia de selvagem. Estava mais baixa, praticamente plana, e tinha um aspecto confrangido e ordinário. Não que o terreno tivesse sido destruído, pelo contrário; o executivo fizera erguer plataformas para transportar materiais sobre as urzes e as charnecas, pois temia pelo terreno. Os juníperos cinza não tinham sido cortados. No entanto, a ilha tinha ficado plana de alguma forma, pela simples razão de não combinar com construção alguma. Apesar de que, visto de perto, o sobrado era bastante baixo; na prancheta, até devia ter ficado bonito. E ficaria bonito em qualquer lugar, menos ali.

Elas subiram até o terraço. Sob o beiral do telhado, ele mandara colocar uma tabuleta entalhada com o nome do sobrado, "VILLA SKRÄNMÅSHÄLL", traçado com precisão e imitando os bruxuleantes símbolos geográficos que aparecem nos mapas antigos. Sobre a porta, mandara pendurar duas lanternas de navio e uma fateixa, num dos lados uma boia recém-pintada de vermelho e do outro uma grande quantidade de boias de vidro dispostas artisticamente.

– É sempre assim no início – disse a avó. – Talvez, com o tempo, ele aprenda.

– Aprenda o quê? – Sofia perguntou.

A avó pensou um pouco e repetiu:

– Talvez ele aprenda.

Então, ela foi até a janela, que praticamente cobria a parede inteira, e tentou espiar lá dentro. A janela estava trancada a cadeado e a porta, trancada a chave. Ela puxou seu canivete e soltou os parafusos. O cadeado tinha parafusos de latão, então foi moleza.

– Mas isso não é invasão de domicílio? – Sofia sussurrou.

– É sim, o que você acha? – a avó dela retrucou. – Mas é claro que, numa situação normal, a gente nunca faria uma coisa dessas.

Dito isso, ela abriu uma das folhas da janela e espiou. A sala era enorme, com lareira e tudo. Em frente à lareira, ele mandara colocar cadeiras baixas de cana com várias almofadinhas; a mesa era de vidro maciço com belas estampas sob o vidro. Sofia achou a sala linda, mas não teve coragem de dizer.

– "Fragata na Tempestade" – a avó comentou –, numa moldura dourada. Mapas, binóculos, sextantes. Miniaturas de barcos, anemômetro. Noutras palavras, praticamente um pequeno museu marítimo.

– Eles têm um quadro enorme – disse Sofia, insegura.

– É, têm sim. Enorme mesmo. Tudo o que eles têm aqui é grandioso.

Elas se sentaram no terraço, de costas para o sobrado, e observaram o arquipélago comprido, que imediatamente se tornou solitário e recobrou o seu estado selvagem.

– Mas não importa – disse Sofia. – Ele nem sabe como mergulhar. Não sabe que é preciso encher todas as latas e garrafas antes de mergulhá-las. E toda a porcaria da casa dele vem parar na nossa praia e nas nossas redes. Tudo o que ele tem é grande demais!

Então, ouviram o ronco do motor por um bom tempo sem se dar conta. O ruído foi se aproximando até se converter num estrondo, que depois se transformou num chiado e enfim se cortou. Agora era silêncio, um silêncio pesado e pavoroso. A avó se ergueu o mais rápido que pôde e disse:

– Vai lá e dá uma espiada, mas não deixe que te vejam.

Sofia se esgueirou entre os choupos e, ao voltar, estava pálida.

– É ele, é ele! – ela falava baixinho, mas freneticamente. – É o executivo!

A avó olhou arregalada para todos os lados, começou a andar para a frente e para trás sem parar e estava fora de si de tanto pavor.

– Não deixe que te vejam – ela repetiu. – Veja o que estão fazendo, mas não deixe que te vejam!

Sofia se esgueirou entre os choupos outra vez. O executivo arremetia em direção à terra. O barco dele era de mogno e tinha uma antena na cabine; na cobertura da proa, havia um cão e um rapazote magro vestido de branco. Ambos saltaram em terra firme ao mesmo tempo.

– Eles viram o nosso barco – Sofia sussurrou. – E estão vindo para cá!

A avó foi andando para dentro da ilha com passos curtos e apressados. A bengala cravava no chão e jogava para o ar pedrinhas e musgo; ela estava rija como uma ripa e não emitia palavra alguma. Aquela era uma fuga franca e grosseira. Não, não lhe ocorria nada melhor naquele instante. Sofia correu até a frente dela, se virou, depois voltou e andou em círculos em volta da avó. A vergonha de ser flagrada na ilha dos outros era enorme, o que elas fizeram era imperdoável.

Agora estavam no matagal à beira do mar; Sofia se enfiou debaixo de uns arbustos e sumiu.

– Depressa! – ela gritou o mais alto que conseguia. – Depressa, se agache também!

Então a avó se agachou como ela, precipitadamente e sem pensar, sentindo-se um pouco mal e meio zonza, afinal nunca lhe fazia bem fazer as coisas na correria. Ela disse:

– Mas se isso não é totalmente ridículo!

– É melhor assim, vovó – Sofia sussurrou. – Depois que anoitecer, a gente vai até o barco e volta pra casa.

A avó se arrastou mais um pouco até entrar debaixo de um abeto ingrato que se enroscou nos cabelos dela e não disse nada. Passados alguns instantes, elas ouviram um latido.

– É o sabujo deles! – Sofia sussurrou no ouvido da avó. – Será que esqueci de dizer que eles desembarcaram com um sabujo?

– Sim, com certeza esqueceu... – disse a avó, brava.

– E por favor não fique bafejando no meu ouvido, a situação já é ruim o bastante, não preciso de mais isso.

O latido se aproximava cada vez mais. Quando o sabujo as avistou, congelou voltado para onde elas estavam. Era um cãozinho preto tão bravo quanto assustado, e esses sentimentos contraditórios faziam a carcaça inteira dele tremer.

– Calminho aí, totó! – exclamou a avó, num tom suplicante. – Feche a matraca, sua pequena besta!

Ela enfiou a mão no bolso e achou um cubo de açúcar. E quando jogou o cubo, o cão ficou completamente histérico.

– Ora, ora, quem será que está aqui? – gritou o executivo.

Agachado, de quatro, ele espiava debaixo dos abetos.
– O cão não é perigoso! Olá, meu nome é Malander, e esse é meu filho Christoffer, mais conhecido como Toffe.
A avó saiu de baixo do abeto de gatinhas e disse:
– E essa aqui é a minha neta, Sofia.
Ela tentou manter a compostura enquanto tirava as agulhas de abeto do cabelo o mais discretamente possível. O cão tentou morder a bengala dela. O executivo Malander explicou que o cão só queria brincar. Na verdade, era uma cadela cujo nome era Delila.
– A Delila quer que a senhora jogue a bengala para ela buscar, está bem?
– Ah... é mesmo? – a avó questionou.
O filho do executivo era atarracado e tinha uma cabeleira comprida, e fazia um esforço tremendo para se sentir superior. Sofia olhou para ele com antipatia. Muito educadamente, o executivo ofereceu o braço à avó e eles percorreram lentamente o caminho de volta entre as urzes. Durante o trajeto, ele contou que o estilo do sobrado era inspirado na arquitetura despojada do arquipélago, segundo seu desejo, pois assim ele ficaria mais próximo da natureza. E perguntou se por acaso eles não eram vizinhos, se não era a família dela que vivia logo ao lado. Sofia ergueu o olhar, mas a avó manteve a fisionomia insondável ao responder que a família dela vivia no arquipélago havia 47 anos. Aquilo causou uma enorme impressão em Malander, que empolou a voz e começou a dizer algo sobre o mar, ao qual ele tinha tanto apego, que o mar afinal de contas é sempre mar, que calava ao se sentir embaraçado. O filho dele se sentiu embaraçado,

começou a assobiar e foi chutando uma pinha dali até o terraço. O cadeado ainda estava sobre um banco, ao lado dos parafusos soltos.

– Haha – Malander filho gargalhou. – Piratas. Típico!

A aflição se estampou no rosto de Malander pai, que examinou o cadeado entre os dedos e disse:

– Bem, em todo caso, como costaneiro, sempre tive um pé atrás com os ilhéus...

– Eles deviam apenas estar um pouco curiosos – a avó se apressou em dizer. – Vocês devem entender que as pessoas ficam curiosas quando alguém tranca a casa toda, afinal não estão acostumados com isso... É muito melhor deixar tudo aberto, ou então a chave pendurada num prego, por exemplo – ela disse, como quem não quer nada.

Sofia ficou completamente ruborizada.

Eles entraram na casa para tomar um trago em nome da harmonia entre os vizinhos.

– "Entrai na casa do pai" – disse Toffe Malander.

– Depois do senhor.

A sala enorme foi sendo tomada pela luz do sol à medida que as janelas eram abertas de par em par. Malander pai explicou que se tratava de janelas panorâmicas e pediu que se sentassem e apreciassem a vista enquanto ele ia preparar um grogue.

A avó se sentou numa das cadeiras de cana, enquanto Sofia se agarrou no recosto da cadeira e ficou olhando de soslaio.

– Disfarce essa cara de brava – a avó murmurou. – Agora é hora de socializar, você tem que aprender a lidar com isso.

Malander voltou com algumas garrafas e copos e colocou-os sobre a mesa.

– Conhaque. E uísque – ele disse. – Mas talvez vocês prefiram uma limonada, não é?

– Acho que vou de conhaque – a avó respondeu. – Só dois dedinhos, e não precisa misturar água, obrigada. Sofia? O que você deseja?

– Qualquer outra coisa! – Sofia sussurrou no ouvido da avó.

– Sofia prefere limonada – a avó disse e então pensou: "Precisamos ensinar um pouco de bom senso a essa menina. Estamos fazendo algo errado. Ela precisa ver gente de quem não gosta antes que seja tarde demais."

Depois de ergueram um brinde, Malander perguntou:

– Dá peixe por aqui nessa época do ano?

A avó respondeu que só com rede, bacalhau, perca e de vez em quando trutas, que chegam até perto da praia. O executivo Malander explicou que na verdade nem gostava de pescar, o que de fato ele gostava era do lado virgem e primitivo do lugar, ou seja, do ermo e da solidão que havia naquela enormidade toda. O filho ficou um tanto desconfortável e enfiou as mãos nos bolsos das calças justas ao máximo que conseguiu.

– A solidão... – disse a avó. – Sim, com certeza ela é um luxo.

– Um luxo edificante – Malander completou –, não é mesmo?

A avó respondeu que sim, claro, mas que também é possível estar só junto com os outros, apesar de ser mais difícil.

– É, bem, naturalmente... – disse Malander, pisando em ovos, um tanto hesitante. Depois, fez-se silêncio por um bom tempo.

– Açúcar! – Sofia sussurrou. – O suco está amargo!

– A minha neta realmente gostaria de um pouco de açúcar para o suco dela – disse a avó. Depois sussurrou para Sofia: – Não fique pendurada no meu pescoço o tempo todo. Sente-se. E não fique balbuciando no meu ouvido.

Toffe Malander informou que iria até o istmo tentar a sorte, depois pegou o seu caniço da parede e saiu.

– Também gosto de ilhas solitárias – disse a avó, num tom de voz bem alto.

– Ele tem apenas 16 anos – disse Malander.

Ela perguntou quantos eles eram, ele respondeu que eram cinco, além dos amigos e dos empregados e um pouco de cada coisa. De repente, ficou meu acabrunhado e disse que deviam tomar mais uma dose.

– Ah não, obrigada – retrucou a avó. – Acho que a gente já vai indo. Excelente esse conhaque.

Ao sair, ela se deteve para observar as conchas na janela, e ele então disse:

– Coleciono para os meus filhos.

– Eu também coleciono conchas – a avó respondeu.

O cão se levantou e ficou aguardando do lado de fora, fazendo de conta que mordia a bengala dela.

– Sofia – a avó chamou –, jogue alguma coisa para o cachorro.

A neta então jogou uma pinha, que o cão imediatamente foi pegar.

– Muito bem, Delila! – Sofia exclamou.

"Bem, no mínimo ela talvez consiga aprender a guardar o nome das pessoas", pensou a avó. "Isso também é uma excelente habilidade social."

Ao lado de onde os barcos haviam atracado na praia, Malander contou que iriam construir um ancoradouro aos poucos. A avó recomendou que ele instalasse trilhos e um guincho em vez disso, pois os ancoradouros ficavam perigosamente lisos depois que neva, ou então um rebocador e boias. Ela pensou: "Lá estou eu me metendo outra vez. Sempre fico assim assertiva quando estou cansada. É claro que ele vai tentar construir um ancoradouro, todos tentam; nós também tentamos."

Os remos estavam ao contrário no barco e se enredaram no linhão de pesca, e assim elas partiram, aos trancos e barrancos. Malander vadeou na praia enquanto elas partiam, até a ponta do istmo, onde então acenou para elas com um lenço.

Depois que se afastaram um pouco, Sofia exclamou:
– Pois muito bem, então.
– Como assim, "muito bem, então"? – a avó perguntou.
– Ele quer que o deixem em paz, mas não tem a mínima ideia sobre o que isso significa.
– Como assim?
– Ah, ele vai construir aquele ancoradouro, custe o que custar.
– Como é que a senhora sabe?
– Querida netinha – a avó respondeu com impaciência –, todo mundo tem o direito de errar por sua própria conta.

Ela estava bastante cansada e queria chegar em casa. Aquela visita a tinha deixado profundamente melancólica. Malander teve uma ideia que ele ainda tentava entender, só que isso leva tempo. Às vezes, a pessoa só termina de entender algo quando já é tarde demais e não tem forças para recomeçar desde o início, ou talvez esqueça algo pelo caminho e nem mesmo sabemos mais que o esquecemos. Enquanto voltavam para casa, a avó observou o enorme sobrado que interrompia o horizonte e pensou que ele parecia uma baliza de navegação. Se alguém olhasse de olhos semicerrados e pensasse noutra coisa, o sobrado bem que podia se confundir com uma baliza de navegação, um símbolo objetivo indicando que barcos deviam mudar de curso ali.

A cada temporal, elas se lembravam de Malander e matutavam sobre diferentes maneiras de resgatar o barco dele. Ele jamais apareceu para retribuir a visita e, portanto, a casa dele se converteu num marco na paisagem que suscitava constante ponderação e reflexão.

O roupão

O pai de Sofia tinha um roupão que ele adorava. O roupão ia até os pés e era feito de um atoalhado bastante grosso que ficara ainda mais resistente graças à água salobra, terra e outros elementos comuns à passagem do tempo. O roupão provavelmente era importado da Alemanha e a cor dele em algum momento tinha sido verde. Na parte da frente, os resquícios de um intrincado sistema de cordões e dois botões de âmbar extremamente escuros ainda resistiam no lugar. Ao ser estendido, o roupão era tão largo quanto uma barraca.

De início, quando o pai de Sofia ainda era um rapazote, ele costumava ficar sentado no istmo vestindo o seu roupão e observando as ondas nos dias de temporal. Mais tarde, ele passou a vesti-lo para trabalhar ou quando se sentia congelar de frio ou queria se esconder de tudo e de todos.

Aquele roupão muitas vezes estava sujeito a vários tipos de ameaça. É suficiente rememorar aqui certa vez em que parentes bondosos vieram visitá-los na ilha e arrumaram a casa para lhes fazer uma agradável surpresa. Os parentes jogaram fora vários objetos de estimação da família. O pior de tudo foi jogarem o roupão no mar para que ele fosse embora flutuando. Mais tarde, afirmaram que o roupão exalava um cheiro forte. Mas claro que exalava, esse era exatamente um de seus charmes.

Cheiros são algo importante, pois nos fazem lembrar de tudo que vivemos, formando uma capa de recordações e aconchego. O roupão também cheirava a praia e fumaça, mas talvez eles não tenham sido capazes de reconhecer esses odores. De qualquer forma, o roupão acabou voltando. Os ventos sopraram e mudaram de direção, e voltaram a mudar, e as ondas vieram rebentar na ilha e, num belo dia, trouxeram o roupão de volta ao lar. O roupão voltou com cheiro de algas e naquele verão o pai de Sofia praticamente não vestiu outra coisa. Depois, num certo verão, uma família de ratos resolveu fazer seu ninho no roupão. A gola era debruada com um material felpudo bem mais delicado, que os ratos roeram completamente e usaram para forrar o seu ninho junto com fiapos de lenço mascados bem fininho. Outra vez, o roupão ficou queimado depois que o pai de Sofia dormiu perto demais da lareira.

Quando ficou mais velho, o pai de Sofia passou a deixar o roupão estendido no sótão. Ele ia até lá às vezes para pensar. Nessas ocasiões, os outros achavam que ele só conseguia pensar vestindo o roupão. O roupão normalmente ficava estendido debaixo da janelinha do sótão que dava para o sul, comprido, escuro e insondável.

Aquele verão em que Sofia passou por mais uma fase de rebeldia foi chuvoso e frio, e era ruim ser infeliz ao relento. Por isso, ela ia matar sua vontade de estar só no sótão. Ela se sentava numa caixa de papelão, olhava para o roupão e começava a desabafar coisas terríveis e avassaladoras, que o roupão tinha muita dificuldade em responder.

Nos interregnos, ela jogava baralho com a avó. Ambas trapaceavam descaradamente, e as noites de carteado delas sempre terminavam em bate-boca. Era a primeira vez que aquilo acontecia entre elas. A avó tentava lembrar de suas próprias fases de rebeldia na juventude para entender aquilo, mas só se lembrava de ter sido uma criança insolitamente tranquila. Inteligente como era, ela se deu conta que a fase de rebeldia às vezes pode durar até a idade de 85, e decidiu tentar se controlar. Chovia sem parar e o pai de Sofia trabalhava da manhã à noite de costas para elas. Portanto, elas nunca tinham certeza se ele ouvia ou não a conversa delas.

– Jesus! – Sofia exclamou. – A senhora só fica aí sentada com o rei na barriga e não diz nada!

– Não use o nome de Deus em vão! – a avó retrucou.

– Mas se eu não disse Deus, eu disse Jesus.

– Jesus é tão sagrado quanto Deus.

– Ah, mas não é mesmo!

– É sim!

Sofia atirou suas cartas no chão e gritou:

– Pois estou cagando e andando para Jesus e toda a família dele! Aliás, estou cagando e andando para todas as famílias!

Então, ela subiu a escadaria que levava ao sótão, batendo o postigo com força.

O sótão era tão baixo que era preciso andar agachado lá em cima. Quem se esquecesse de se agachar terminava batendo a cabeça no teto. Lá em cima era bastante apertado, havia apenas um corredorzinho estreito em meio a tudo o que haviam guardado, armazenado e esquecido ali, as coisas que sempre estiveram ali e as coisas que nem mesmo os parentes conseguiram encontrar. O corredor ia da janela que dava para o sul à que dava para o norte e o teto era caiado de azul. Sofia não tinha trazido lanterna e tudo estava às escuras; o corredor era uma rua infinitamente comprida abandonada ao luar entre fileiras de casas irregulares. No final da rua havia uma janela que mostrava o céu alvo de lua e embaixo da janela estava o roupão estendido, um vulto de dobras rígidas, negro como carvão envolto em sua sombra. Sofia batera o postigo com tanto estardalhaço que não podia voltar atrás. Por isso, continuou rastejando e foi se sentar na velha caixa de papelão. O roupão estava estendido com um dos braços saindo pela gola. No exato momento em que Sofia olhava para o roupão, o braço se levantou, apenas um pouquinho, e um leve movimento percorreu o roupão na direção dos pés. As dobras se mexeram furtivamente e então o roupão voltou a ficar imóvel. Porém, ela tinha visto aquilo. Dentro do roupão, havia alguma coisa viva. Ou o próprio roupão estava vivo, pura e simplesmente. Sofia recorreu à rota de fuga mais simples à disposição em caso de apuro e espanto: adormeceu. E continuava dormindo quando a colocaram na cama, porém, ao acordar na manhã seguinte, ela sabia que algo perigoso morava naquele roupão. Mas não contou a ninguém. Guardou aquela verdade assombrosa para si mesma e por vários dias até parecia de bom humor. Havia parado de chover. Ela desenhou sombras recortadas e uma lua bem pequenininha, relegada num céu majestoso de escuros, mas não mostrou o desenho a ninguém. O perigo se oculta bem no âmago de uma dobra. Às vezes, o perigo se mexe e depois volta aonde estava. O perigo se apavora e mostra os dentes. E é mais perigoso do que a morte.

Sempre que anoitecia, Sofia subia os degraus e metia apenas o nariz pelo postigo, através do qual espiava para dentro do sótão. E conseguia ver uma pontinha do roupão, se esticasse o pescoço.

– Mas o que é que você está fazendo aí? – a avó perguntou.

– A curiosidade matou o gato! – Sofia retrucou, com a voz mais esganiçada que conseguia fazer. – Miau, miau!

– Fecha esse postigo, está entrando uma aragem – a avó disse. – Vai lá fora fazer alguma coisa.

Então, ela se virou de frente para a parede e continuou lendo seu livro. Ambas estavam impossíveis, não conseguiam mais conviver uma com a outra e discutiam por qualquer bobagem. Os dias estavam nublados com ventos variáveis. O pai de Sofia só ficava trabalhando em sua mesa.

Sofia pensava cada vez mais no roupão. Aquela coisa que vivia no roupão era rápida e rasteira, apesar de poder ficar lá tirando uma soneca por quanto tempo quisesse. Podia ficar magrinha e se insinuar pela fresta da porta, voltar a se enrolar e engatinhar até debaixo da cama como uma sombra. Aquilo não comia nem nunca dormia, e odiava a tudo e a todos, mas especialmente a família dela. Sofia também não comia nada, quer dizer, comia apenas sanduíche aberto. Não estavam certos se era dela a culpa de tanto o pão quanto a manteiga terem acabado. De toda forma, o pai de Sofia foi até o secos e molhados para comprar mantimentos. Ele colocou um jarro de água e as latas vazias de querosene e gasolina no barco, pegou a lista de compras que ficava pendurada na parede e se foi. Soprava o vento sudoeste quando ele partiu e fazia duas horas que o vento vinha aumentando, por isso o istmo estava submerso. A avó queria escutar a previsão do tempo no rádio, mas não conseguiu achar o botão certo. Ela fez um esforço para não ir até a janela que dava para o norte para olhar, mas não conseguia entender nenhuma palavra do que estava lendo.

Sofia desceu até a praia, mas logo voltou e se sentou à mesa.

– E a senhora só fica aí lendo enquanto isso – ela disse.

Depois, subiu o tom de voz e gritou:

– A senhora só sabe ficar aí lendo, lendo, lendo!

Então, se esparramou sobre a mesa e começou a chorar. A avó se levantou e disse:

– Vai ficar tudo bem.

Ela estava se sentindo um pouco mal e tentou achar seu Lorax às apalpadelas atrás da cortina. Sofia ainda chorava, mas ficou de olho na avó por debaixo do braço.

– Eu também não estou me sentindo bem! – ela gritou, se levantou e vomitou no tapete.

Depois, ficou em silêncio, pálida, e se sentou na beira da cama.

– Vai se deitar – a avó disse.

E Sofia foi se deitar. De fato, as duas se deitaram e ficaram ouvindo as rajadas de vento breves mas potentes lá fora.

– No vilarejo – disse a avó. – No vilarejo, a gente tem que esperar um bom tempo nos secos e molhados: há sempre fila e as pessoas fazem tudo sem pressa. Depois, o moleque tem que descer até o atracadouro para encher as latas de gasolina e querosene. E a gente precisa ir até a varanda do dono do secos e molhados para separar e buscar a correspondência da gente. Caso a gente receba alguma remessa em dinheiro, é preciso voltar ao secos e molhados para pegar um carimbo, depois disso tomamos um cafezinho. Em seguida, ele precisa pagar pelo arrendamento. Isso pode levar muito, muito tempo.

– Mas e depois? – Sofia perguntou.

– Depois é preciso levar tudo até o barco lá embaixo – a avó contou. – Depois, é preciso carregar tudo no barco e erguer as mãos ao céu se não ficar tudo encharcado. No trajeto até lá embaixo, a gente fica pensando em colher flores, mais tarde é o cavalo que quer pão. Mas o pão está bem no fundo da caixa...

– Ai, comi sanduíche aberto demais! – Sofia gritou e então começou a chorar outra vez. – Estou congelando!

A avó tentou cobrir a neta com um cobertor, mas ela o atirou para longe agitando as pernas e então gritou que odiava todos eles.

– Quietinha! – a avó gritou. – Quietinha! Senão vou vomitar em cima de ti.

Sofia ficou absolutamente calada. Depois, ela disse:

– Eu quero o roupão.

– Mas o roupão está no sótão – a avó explicou.

– Mas eu quero o roupão – a neta retrucou.

Então, a avó subiu os degraus que levavam ao sótão, sem problema algum. Ela se esgueirou na direção da janela, pegou o roupão e o levou de volta até o postigo. Então, ela deixou o roupão cair no chão da sala e descansou um instante com as pernas pendendo na beirada. Não fazia muito tempo que estava lá em cima. Ela leu escrito nas caixas: Barbantes. Pescaria. Boias. De tudo um pouco. Trapos e calças velhas. Ela mesma tinha escrito nas caixas. Haviam pintado o teto de azul, mas a tinta estava descascando, pois tinham adicionado pouca cola na tinta.

– Mas o que é que a senhora está fazendo? – Sofia gritou. – A senhora está se sentindo mal?

– Não – a avó respondeu do postigo. – Estou me sentindo melhor.

Muito cautelosa, ela encostou um dos pés no chão e encontrou a escada. Então, ela se virou lentamente de barriga para baixo e baixou a outra perna.

– Vai com calma! – Sofia gritou lá de baixo. Ela viu as pernas hirtas da avó dando um passo após o outro até chegar ali embaixo. A avó pegou o roupão e foi até a cama.

– Primeiro, a senhora tem que sacudir o roupão – disse Sofia –, para tirar aquilo aí de dentro.

A avó não entendeu nada, mas pelo sim pelo não acabou sacudindo o roupão. Aquilo escapou pelo braço e sumiu pela fresta da porta. O roupão tinha o mesmo cheiro de antes. Era bastante pesado e por um instante formou uma gruta escura e calorosa. Sofia logo adormeceu e então a avó se sentou junto à janela que dava para o norte para aguardar; ventava intensamente e o sol estava a ponto de se por. Ela tinha hipermetropia e enxergou os bigodes brancos de espuma meia hora antes que o barco aparecesse. Eles não vinham com regularidade, por vezes se ausentavam completamente.

Quando o barco virou a sota-vento, ela se deitou na cama e fechou os olhos. Não tardou muito e o pai de Sofia entrou na casa, encharcado dos pés à cabeça. Ele largou os cestos que trazia e acendeu o cachimbo. Depois, pegou o lampião e o levou para encher de querosene.

O salsichão de plástico

Sofia tinha conhecimento de que muitas ilhas mar afora não eram feitas de terra, mas sim de turfa. De turfa misturada com algas e areia e o precioso esterco das aves, razão pela qual tudo viceja tanto em meio às rochas. Durante várias semanas a cada ano, cada fenda na rocha floresce plenamente, em cores muito mais intensas do que em qualquer outra parte do país. Já os pobres moradores das ilhas verdejantes do arquipélago têm que se consolar com um jardim aburguesado onde botavam os filhos a arrancar as ervas daninhas e a regar para que tudo crescesse. As ilhas pequenas, por sua vez, cuidam de si mesmas. Elas sorvem a neve derretida, as chuvas da primavera e, por fim, o orvalho; e, em caso de seca, aguardam até o próximo verão para só então dar sua florada. Estão habituadas a isso e resistem serenamente em suas raízes.

– Ninguém precisa ficar com peso na consciência por causa delas – a avó explicou.

As primeiras a surgir eram as cocleárias, de não mais de dois centímetros de altura, mas de vital importância para os pescadores que se alimentam de bolacha-do-mar. As seguintes surgem cerca de dez dias mais tarde a sota-vento das balizas de navegação: os amores-perfeitos silvestres, que Sofia e a avó costumavam ir admirar e que às vezes desabrochavam no final de maio, às vezes no início de junho e deviam ser contemplados longamente. Sofia perguntou por que aquilo era importante e a avó respondeu:

– Por serem os primeiros.

– Não. São os segundos – Sofia retrucou.

– Mas eles surgem sempre no mesmo lugar – disse a avó.

A neta pensou que todas as outras plantas também faziam mais ou menos o mesmo, porém não disse nada.

A cada dia, a avó dava uma volta na ilha para ver o que o mar tinha trazido à praia. Se encontrasse um tufo de musgo virado de ponta-cabeça, ela o ajeitava. Uma vez que a avó tinha dificuldade para ficar em pé quando calhava de se sentar, ela desenvolveu uma imensa habilidade com a bengala. Parecia um enorme pilrito ao andar lentamente, com suas pernas hirtas, parando toda hora e virando a cabeça para lá e para cá para ver o que estava acontecendo antes de continuar andando.

A avó de Sofia nem sempre era completamente lógica. Apesar de saber que ninguém precisa se sentir mal por causa das ilhas pequenas que têm que se virar sozinhas, ela ficava bastante desinquieta nas épocas de seca. No crepúsculo, fazia questão de ir até a charneca, onde tinha uma jarra escondida debaixo dos amieiros, e recolhia os últimos resquícios de água do fundo do pântano com uma xícara. Então, dava uma volta e jogava água ali e acolá nas plantas de que mais gostava, e depois escondia a jarra outra vez. No outono, a avó coletava sementes silvestres numa caixa de fósforo e, no último dia deles na ilha, saía para plantá-las, mas onde ninguém sabe.

A grande mudança teve início quando o pai de Sofia recebeu uns catálogos de flores pelo correio. Ele já não lia mais nada além de catálogos de flores. Por fim, enviou uma carta à Holanda e recebeu de volta uma caixa com vários pacotes, cada um deles contendo um bulbo marrom envolto numa lanugem protetora. O pai de Sofia escreveu novamente para encomendar outra caixa, que chegou de Amsterdã junto com um presente destinado a clientes especiais: os tradicionais sapatos holandeses em porcelana, que podiam ser usados como vasos, além dos bulbos exclusivos da empresa, cujo nome era algo como Houet van Moujk. Lá pelo final do outono, o pai de Sofia voltou sozinho à ilha para plantar os seus bulbos. E, durante todo aquele inverno, ele continuou lendo sobre árvores e arbustos para aprender o máximo possível sobre o tema; tudo era tão sensível e delicado, devendo ser manuseado com conhecimento de causa e extremo cuidado. Não sobreviviam sem terra de verdade e água nas devidas épocas. Tinham que ficar cobertas durante o outono para não congelar e descobertas na primavera para não apodrecer, além de serem protegidas dos arganazes, dos temporais, do calor e das geadas noturnas, e também do mar, obviamente. Tudo isso o pai de Sofia aprendeu, e talvez por isso mesmo demonstrasse tamanho interesse.

Então a família voltou à ilha, trazendo dois barcos a reboque. Fardos pesados de genuína terra preta do continente foram desembarcados e jaziam pela praia toda como elefantes em repouso. Sacos, caixas e cestos com plantas embaladas em plástico preto foram levados até a varanda, arbustos e árvores ensacados com raízes e tudo e centenas de latas de turfa com brotos delicados que precisavam ficar dentro de casa para começar.

A primavera se demorava, cada dia vinha um novo temporal e nevava em flocos grandes que derretiam logo. Eles colocavam tanta lenha para queimar que o fogão tremia, além de pendurar cobertores em todas as janelas. Empilharam as bagagens contra a parede, deixando corredores estreitos entre as plantas, que ficavam coladas umas às outras pelo chão para se manterem aquecidas. Às vezes, a avó de Sofia perdia o equilíbrio e pisava nas plantas, mas na maioria das vezes ela conseguia se levantar. Em volta do fogão a lenha colocaram a lenha para secar e as roupas penduradas no teto. Já na varanda jaziam choupos, cimento e arbustos cobertos com plástico. O temporal continuava e, aos poucos, os grandes flocos de neve se convertiam em chuva.

Todos os dias, o pai de Sofia acordava às seis da manhã. Ele acendia o fogão a lenha, fazia chá e preparava sanduíches abertos para a família e depois saía. Ele cortou a turfa em pedaços grandes e capinou o leito de rocha. Ele cavou covas profundas na floresta e em toda parte pela ilha e cobriu o terreno desvalido com genuína terra preta. Ele rolou pedras enormes e ergueu muretas para que o jardim ficasse abrigado do vento e colocou grades sobre o muro da casa e pinheiros para quem desejasse escalar, e soterrou a charneca, pois queria construir no lugar dela um dique de concreto.

Da janela, a avó observava.

– A água da charneca vai transbordar uns vinte centímetros – ela vaticinou. – Os juníperos não vão gostar nada disso.

– Ali vai haver nenúfares sarapintados e vermelhos – Sofia disse. – Quem se importa com o que os juníperos gostam ou deixam de gostar?

A avó nada respondeu. Entretanto, decidiu que, um belo dia, ela iria salvar e ajeitar aquela turfa revirada, pois sabia que estava cheia de malmequeres.

À noite, o pai de Sofia acendia o seu cachimbo e matutava sobre a química do solo. A mesa e a cama estavam totalmente cobertas de catálogos de flores, as belas fotografias brilhando à luz do lampião. Sofia e sua avó aprenderam o nome de todas aquelas plantas e desafiavam uma à outra enquanto escreviam os nomes científicos em plaquinhas.

– *Fritillaria imperialis* – disse Sofia. – *Forsythia spectabilis*! Isso soa muito mais elegante do que amor-perfeito-silvestre.

– As aparências enganam – disse a avó. – O nome em latim do amor-perfeito-silvestre é *Viola tricolor*. Além disso, os grã-finos de verdade nem precisam de plaquinhas com os nomes latinos em seus jardins.

– Ah, mas eles têm sim plaquinhas com os nomes na cidade – disse Sofia, escrevendo outra plaquinha.

E numa noite qualquer parou de ventar e a chuva se dissipou. A avó despertou de seu torpor e pensou: "Ele vai começar a plantar agora."

O clarão do alvorecer ofuscava a casa, o céu totalmente sem nuvens; o mar e a ilha exalavam vapor. O pai de Sofia se vestiu e saiu o mais silenciosamente possível. Ele tirou o plástico que cobria o choupo e levou a muda até a cova que ficava próxima da campina. O choupo tinha três metros e meio de altura. O pai de Sofia colocou terra em volta das raízes e firmou bem o tronco por todos os lados com cordas. Então, levou as rosas até a floresta e as plantou nas urzes, e, terminado isso, acendeu seu cachimbo.

Depois que tudo havia sido plantado na terra, seguiu-se um longo período de expectativa. Cada dia era igualmente tranquilo e morno. Os bulbos holandeses abriram sua casca marrom e cresceram. No dique, as raízes brancas começaram a se animar na lama, contidas por uma rede metálica estreita e ancoradas nas pedras. Por toda a ilha, aquelas raízes novas vingavam com força e todos os caules e hastes transiam de vitalidade. Numa manhã, a porta abriu-se de supetão e Sofia gritou:

– Gudoshnik apareceu!

A avó saiu o mais rapidamente possível e colocou os óculos. Uma pontinha verde sobressaía na terra, clara e visivelmente o princípio de uma tulipa. Elas a observaram por um bom tempo.

– Também pode ser o doutor Plesman – a avó sugeriu, embora de fato se tratasse da senhora John T. Scheepers.

A primavera recompensou os esforços do pai de Sofia com muita humildade e, tirando o choupo, tudo começava a brotar. Os brotos se expandiam e rebentavam em folhas enrugadas e reluzentes que se espalhavam e cresciam com rapidez. Apenas o choupo continuava desnudo em meio às cordas – ainda estava exatamente igual a quando chegara. Continuou fazendo bom tempo e estiagem junho afora.

A ilha toda era percorrida por um sistema de mangueiras plásticas, metade das quais já estavam cobertas de musgo. Eram conectadas com roscas de latão e iam até uma pequena bomba armazenada numa caixa junto à cisterna maior. A cisterna era coberta com uma enorme tampa de plástico que evitava que a água evaporasse. Tudo projetado com grande inteligência. Duas vezes por semana o pai de Sofia ligava a bomba, a água morna e castanha corria pelas mangueiras e pelos esguichos e jorrava sobre a terra em chuviscos finos ou em jorros diretos, tudo de acordo com o tipo e as necessidades de cada espécie. Algumas eram regadas apenas um minuto, outras de três a cinco minutos até que o alarme do relógio de cozinha do pai de Sofia tocasse e ele desligasse a preciosa água. É claro que ele não tinha como regar o restante da ilha, que aos poucos ia amarelando. A terra fértil secava nas fendas e estorricava nos cantos como velhas fatias de salsicha; vários abetos morreram e cada manhã que chegava trazia um tempo igual e implacavelmente bom. Junto à costa, ribombava uma trovoada atrás da outra, e logo outra vez, acompanhadas de chuva torrencial, porém sem se alastrar ao oceano. A água na cisterna maior mal baixava. Sofia rogou a Deus, mas a situação não melhorou em nada. E uma noite, enquanto o pai de Sofia regava suas plantas, a bomba emitiu um gargarejo miserável e a mangueira amoleceu; a cisterna ficou completamente vazia e a cobertura de plástico afundou em milhões de pregas enrugadas.

O pai de Sofia passou um dia inteiro andando de lá para cá e matutando, depois fez cálculos, desenhou croquis e foi até o secos e molhados para fazer uma ligação. Uma enorme onda de calor assolou a ilha, que ia ficando cada vez mais exausta conforme os dias passavam. O pai de Sofia foi até o secos e molhados e fez outra ligação. Quando por fim pegou um ônibus até a cidade, Sofia e sua avó entenderam que a situação se tornara catastrófica.

Então, o pai de Sofia voltou trazendo um salsichão de plástico consigo. O salsichão de plástico tinha uma cor idêntica à de laranjas velhas, ocupava metade do barco com seu volume e tinha sido feito sob medida. Como se pode deduzir, não havia tempo a perder; a bomba e as mangueiras foram levadas a bordo e começaram a funcionar imediatamente.

O mar jazia pálido e indolente numa bruma de calor, enquanto sobre a costa pairava o muro habitual de nuvens ímpias. Nem as gaivotas voavam muito alto ao passar. Aquela era uma expedição de máxima importância. Ao chegarem a Kärrskär, fazia tanto calor no barco que o alcatrão escorria e o salsichão de plástico exalava um cheiro terrível. O pai de Sofia levou a bomba até a charneca enorme e profunda com ciperáceas e erva-do-algodão. Ele rosqueou as mangueiras, lançou o salsichão na praia e ligou a bomba. A mangueira logo encheu e espichou sobre a rocha, muito lentamente o salsichão de plástico começou a crescer, e tudo transcorria segundo os cálculos e expectativas. Porém ninguém tinha coragem de desafiar o destino, e ninguém disse nada. O salsichão inchou até se transformar num brilhante e colossal balão, uma nuvem de chuva alaranjada e imperfeita carregando milhares de litros d'água em seu bucho.

– Deus misericordioso, não permita que isso exploda – Sofia rogou.

E o salsichão não explodiu. O pai de Sofia desligou a bomba e a levou de volta ao barco. Depois, recolheu as mangueiras a bordo. Amarrou o salsichão de plástico com resistentes linhas de popa, acomodou a família no meio do barco e finalmente acionou o motor. O motor deu um tranco e as linhas esticaram, porém, o salsichão nem se mexeu. Então o pai de Sofia foi à terra firme e tentou atirar no salsichão de plástico, mas foi em vão.

– Deus, protetor das crianças. – Sofia sussurrou –, faz com que ele se solte!

O pai de Sofia tentou novamente, mas foi em vão. Então, ele tomou impulso e se lançou sobre o salsichão de plástico, e ambos deslizaram sobre as algas escorregadias, rolando em direção ao mar num movimento lento e envolvente, até que Sofia começou a gritar.

– Não me venha pôr a culpa em Deus! – a avó exclamou, interessadíssima.

O pai de Sofia pulou para dentro do barco e ligou o motor num acesso de fúria; o motor teve um sobressalto, e Sofia e a avó se esconderam no porão, ao mesmo tempo. O grande salsichão de plástico afundou no mar lentamente com as linhas esticadas, e o pai de Sofia se pendurou na popa e tentou ver o que estava acontecendo. O salsichão de plástico deslizou em meio às algas e, ao afundar, desapareceu de um golpe só, puxando o motor para baixo e afundando-o no mar, fazendo com que o motor espumasse. A família levou um chacoalhão e restava pouco mais de dez centímetros entre a beirada do navio e o mar.

– Não vou implorar outra vez! – Sofia exclamou, zangada.

– Bem, de toda forma, Ele sabe – disse a avó, deitada de costas na proa. Ela pensou que, quando se trata de Deus, as coisas se dão assim: é claro que Ele ajuda, mas só depois que a gente faz tudo que está ao nosso alcance.

O salsichão de plástico boiou calmamente adiante no verde profundo que já era tocado pela sombra do fundo, uma bolha enorme de água vivente. Todo mundo sabe que a água da chuva é mais leve que a água salgada, mas, nesse caso, a bomba tinha puxado um enorme volume de lodo e areia. Fazia muito calor no barco, onde havia um cheiro de gasolina, e o motor trabalhava feito louco. A avó pegou no sono. O mar também reluzia e o banco de nuvens alcançara uma enorme altura sobre a costa. O salsichão de plástico enorme deslizou fleumaticamente por um baixio e se estatelou com um estrondo do outro lado; o motor acelerou e disparou, retrocedeu outra vez e, de forma muito graciosa, o barco jogava água por trás da popa. Depois, foi adiante, mas bem lentamente. A avó de Sofia começou a roncar. Uma trovoada forte e seca ribombou de uma ilha à outra e rajadas de vento negras correram na superfície das águas, indo embora tão rápido quanto vieram. Quando eles deram a volta no istmo comprido veio um novo ribombo, ao mesmo tempo que o salsichão de plástico resvalou e a avó de Sofia acordou. Ela viu uma pequena onda reluzente vindo pelo retrovisor e notou que estava molhada. Já não fazia mais calor, flocos de nuvens voavam desordenados pelo céu e a água no barco era morna e agradável.

A paisagem escurecera com uma base amarela luminosa que recendia a chuva. Eles seguiram lentamente em direção à ilha, enquanto o temporal arrastava sua sombra profunda sobre o oceano; os três se sentaram em silêncio e tomados de uma rara sensação de insegurança, que atende pelo nome de tensão. Aquele ponto era mais raso, e, a cada vez que o salsichão de plástico afundava, a água entrava no barco, até que por fim o mar transbordou tranquilamente a amurada da embarcação, ao mesmo tempo que a tempestade começava.

O pai de Sofia acionou o motor, que espumava, e vadeou até a terra firme. Sofia vinha atrás dele com a mangueira. A avó rolou sobre a amurada com bastante cuidado e começou a vadear, por vezes nadando um pouquinho para lembrar da sensação. Depois, ela se sentou sobre a rocha e despejou a água dos sapatos. A enseada toda estava tomada de pequenas ondas enfurecidas, em meio às quais reluzia o salsichão de plástico encalhado como uma laranja do jardim do Éden. O pai de Sofia o puxou e içou, e o salsichão de plástico ergueu lentamente sua barriga cor de laranja com umbigo de parafusos de latão na direção do céu. As mangueiras se acoplaram, a bomba começou a bombear e uma enorme massa de lodo e areia voou pelos ares! Depois, um jorro d'água bateu na rocha, fazendo o musgo fumegar.

– Água! Água! – Sofia gritou, encharcada e um tanto histérica. Ela cingiu a mangueira que pulsava em seus braços e sentiu como ela bombeava água sobre as *Clematis* Nelly Moser, *Freesia*, *Fritillaria*, Othello e Madame Droutschki, sobre o *Rhododendron* e a *Forsythia spectabilis*. Ela viu o jorro potente descrever uma curva sobre a ilha até cair sobre os vasos secos. – Água! – Sofia berrou.

Ela correu até o choupo e viu o que esperava ver, um broto verde de raiz. No mesmo instante a chuva caiu, morna e violenta, benção em dobro sobre a ilha.

A avó fora obrigada a economizar a vida toda e, portanto, tinha um fraco pelo desperdício. Ela viu a charneca, as cisternas e cada fenda na rocha enchendo e transbordando. Observou os colchões que tinham sido colocados na rua para arejar e a louça que lavava a si mesma. Suspirou de felicidade e, ensimesmada, encheu uma xícara com água potável do jarro e regou um malmequer.

A nau dos contrabandistas

Numa noite morna e de calmaria em agosto, um toque grave de trompete tonitruou no oceano. Aquilo até parecia as trombetas do apocalipse. Fileiras duplas de luz deslizaram na direção da ilha descrevendo uma curva morosa, um giro portentoso de motor que apenas barcos bastante caros e rápidos conseguem produzir, com faróis de todas as cores, do azul berrante passando pelo vermelho vivo até o branco. O oceano inteiro prendeu a respiração. Sofia e a avó estavam paradas sobre a rocha em suas roupas de dormir e admiravam a cena. O barco forasteiro se aproximava cada vez mais com o motor em rotação baixa. Os reflexos dos faróis dançavam no marulho como serpentes de fogo. Depois, o barco sumiu atrás da montanha. O pai de Sofia vestiu as calças e foi correndo até o ancoradouro para receber o barco. Por algum tempo tudo seguiu em silêncio, depois um rumor de música começou a subir do ancoradouro.

— Parece que é uma festa — Sofia murmurou. — Vamos lá também, vamos trocar de roupa e ir direto pra lá!

No entanto, a avó disse:

— Espera um pouco. Vamos esperar que eles cheguem aqui.

Então, ambas voltaram a se deitar e logo adormeceram. Ao amanhecer, o barco tinha ido embora e seguido seu caminho.

Sofia se jogou sobre a rocha e chorou.

— Mas eles podiam ter vindo até aqui! — ela gritou. — Ele deixou a gente continuar dormindo enquanto faziam festa. Nunca vou perdoar ele por isso!

— Ele se portou muito mal — disse a avó, severa. — Vou dizer isso a ele quando ele acordar.

A irresistível lembrança daquele barco misterioso atormentava Sofia, que gritava de tristeza.

— Assoe esse nariz! — exclamou a avó. — Claro que foi uma decepção e tanto, mas agora recomponha-se. Você está num estado deplorável.

Ela esperou um instante e então disse:

— Acho que eles eram uns chatos de galocha que simplesmente herdaram um barco. Jamais se sentiram à vontade naquele barco.

Depois acrescentou, despeitada:

— Eles próprios se encarregaram do interior do barco, e escolheram cores horríveis.

— A senhora acha mesmo? — Sofia choramingou e então se levantou.

— Sim, horríveis! — a avó garantiu. — Eles têm cortinas marrons, amarelas e lilases bem chamativas, luminárias de chão, pratos de porcelana bregas e desenhos pirográficos humorísticos, além de...

— Certo, certo... — suspirou Sofia, impaciente. — E o que mais?

— Das duas uma, ou eles herdaram ou então roubaram o barco!

— Roubaram de quem?

— De algum pobre contrabandista. E roubaram também todo o contrabando dele, tudinho mesmo, apesar de beberem apenas suco. Só roubaram a muamba porque era valiosa — prosseguiu a avó, inflamada com o tema. — E depois fugiram sem carta de navegação nem remos!

— Mas por que é que vieram até aqui?

— Para esconder o contrabando no barranco e voltar mais tarde para buscar a muamba.

— A senhora realmente acredita nisso?

— Em parte sim — a avó respondeu, cautelosa.

Sofia levantou-se e assoou o nariz.

— Agora é a minha vez de contar o que foi que aconteceu — disse Sofia. — Sente-se para ouvir o que vou dizer. Quando o papai chegou lá, eles queriam vender a ele um engradado de aguardente contrabandeada a um preço extorsivo. Agora a senhora é o papai. Diga o que foi que ele respondeu.

— Ele disse, todo orgulhoso: Está abaixo da minha dignidade comprar aguardente contrabandeada. Obtenho-a eu mesmo quando tenho vontade, resgatando-a do mar mesmo sob risco de vida. Espero que o cavalheiro tenha entendido. Além disso, a minha família não gosta de aguardente. Agora é a tua vez.

— Pois muito bem, cavalheiro! Então o senhor tem família? E onde é que está a sua família?

— Não está por aqui.

Sofia gritou:

— Mas se a gente estava aqui o tempo todo! Por que foi que ele disse que a gente não estava?

— Para nos salvar.

— Mas por quê? Por que alguém sempre tem que salvar a gente quando alguma coisa enfim está acontecendo? A senhora deve estar de brincadeira comigo. A gente não precisa ser salva por ninguém quando estão tocando música de salão!

— Eles tinham o rádio ligado — a avó retrucou. — Era apenas um rádio. Eles estavam esperando para ouvir a previsão do tempo e o noticiário. Para saber se eram procurados pela polícia.

— A senhora está me enrolando! — Sofia gritou outra vez. Não tem noticiário nenhum no rádio à uma da madrugada. Eles estavam fazendo festa e se divertindo, e sem a gente!

— Como você preferir — disse a avó, zangada. — Eles estavam fazendo festa e se divertindo. Só que a gente não faz festa com qualquer um.

— Eu faço — disse Sofia, insolente. — Eu faço festa com qualquer um só para poder dançar! Eu e o papai somos assim!

— Pois fiquem à vontade — a avó retrucou e começou a ir na direção da praia. — Divirtam-se com os contrabandistas vocês dois, se é disso que gostam. O mais importante é manter as pernas firmes, o resto é detalhe.

O barco perdera sua carga ao mar, uma carga dispendiosa, podia-se ver exatamente com o que eles lidavam. A maior parte da carga estava espalhada pela rocha.

— Laranjas e balas. E caranguejos! — disse Sofia, com uma voz cantada.

— Os contrabandistas são conhecidos por comerem caranguejos — a avó comentou. — Você não sabia?

Ela estava cansada daquilo tudo e achava que a conversa devia ser usada de uma forma mais edificante.

— Além disso, por que razão os malfeitores não poderiam comer caranguejos?

— Não mude de assunto — Sofia retrucou. — Pense nisso. O que eu dizia é que o papai comeu caranguejos com os contrabandistas e depois esqueceu da gente. Foi assim que tudo começou.

— Bem, bem... — avó disse. — Então invente outra coisa, se você duvida da minha história.

Uma garrafa vazia de Old Smugglers veio lentamente encalhar na rocha.

— Quem sabe se, ao invés de ter esquecido a gente, ele simplesmente queria se divertir um pouco sozinho. Isso seria bem compreensível.

— Já sei o que aconteceu! — Sofia gritou, subitamente. — Eles deram sonífero a ele. Quando ele ia vir até aqui, eles colocaram uma dose grande de sonífero no copo dele, é por isso que ele está dormindo até tarde!

— Sim, pentobarbital! — especulou a avó, que gostava de dormir.

Sofia fitou-a com os olhos arregalados.

— Não diga isso! — ela gritou. — Talvez ele não acorde nunca!

Sofia deu as costas e começou a correr; corcoveava e continuava correndo, em altos prantos de tanto pavor. E ali mesmo, naquele exato momento, na charneca, presa com uma pedra, jazia uma impressionante caixa de chocolates. Era uma caixa enorme, cor-de-rosa e verde, decorada com um laçarote. Aquelas cores berrantes tornavam a paisagem ainda mais cinzenta do que de costume. Não havia dúvida alguma de que aquela caixa fantástica era um presente. Debaixo do laço, havia um bilhete. A avó de Sofia colocou os óculos e leu o bilhete: "Cordiais saudações a quem é velho demais ou jovem demais para participar."

– Mas que falta de tato... – a avó deixou escapar entre os dentes.

– O que é que diz aí? O que é que eles dizem? – Sofia gritou.

– Eles – a avó respondeu – dizem o seguinte: "Nos portamos muito mal e a culpa foi toda nossa. Esperamos que vocês possam nos perdoar."

– A gente pode perdoar eles? – Sofia perguntou.

– Não, não podemos – a avó respondeu.

– Podemos sim. A gente deve perdoar eles. Justamente os contrabandistas devem ser sempre perdoados. Bem, no fim das contas, que ótimo que eles *eram* contrabandistas. A senhora acha que o chocolate está envenenado?

– Não, acho que não. E aqueles soníferos são bem fraquinhos.

– Coitado do papai... – Sofia suspirou. – Ele mal e mal melhorou.

E era isso mesmo. O pai de Sofia continuou com dor de cabeça até de noite, não conseguindo nem se alimentar nem trabalhar.

A visita

O pai de Sofia esvaziou a borra de café da cafeteira e levou os vasos de flores para a varanda.

– Por que é que ele faz isso? – a avó perguntou.

Sofia respondeu que, na ausência dele, as flores se sentiriam melhor lá fora.

– Na ausência dele? Como assim? – a avó retrucou.

– Sim, ele vai ficar fora uma semana inteira – Sofia respondeu. – E nós vamos ficar na casa de não sei quem, noutra ilha mais perto da costa, até ele voltar.

– Eu não sabia de nada disso – a avó disse. – Ninguém comentou nada comigo.

Ela foi até a dependência de hóspedes e tentou ler. É claro que uma planta deve ser colocada onde seja melhor para ela, e elas iam se virar bem na varanda por uma semana. Mas, se a pessoa se ausentar por mais tempo, é preciso deixá-las com alguém que possa aguá-las, o que é muito chato. Até mesmo um vaso de planta representa uma responsabilidade, como tudo de que a gente precisa tomar conta e que não é capaz de tomar suas próprias decisões.

– Tá na mesa! – Sofia gritou detrás da porta.

– Não estou com fome – a avó retrucou.

– A senhora não está se sentindo bem?

– Estou sim – a avó respondeu.

Ventava o tempo todo. Ventava o tempo todo naquela ilha, ora de um quadrante, ora de outro. Um território exclusivo a quem trabalha, um jardim selvagem para as coisas que brotam; fora isso, apenas dias articulando-se noutros dias, como o tempo costuma transcorrer.

– A senhora está chateada? – Sofia perguntou, mas a avó não respondeu.

– Övergårds passou para deixar a correspondência e o papai ficou sabendo que não precisa mais ir à cidade. Não é ótimo? – Sofia perguntou, mas a avó continuou não respondendo.

A avó de Sofia continuava de boca totalmente fechada; nem os seus barquinhos de cortiça ela fazia mais. E quando lavava a louça ou limpava um peixe, era como se nada a divertisse. E quando fazia uma manhã bonita, ela nem mesmo escovava o cabelo na lenharia, lentamente e com o rosto voltado para o sol. Ela só sabia ler, mas não estava nem aí para como a história terminava.

– A senhora faz uma pipa para mim? – Sofia perguntou.

Mas a avó respondeu que não podia. Conforme os dias iam passando, elas se tornavam alheias uma à outra, num acanhamento que era quase hostilidade.

– Então é verdade que a senhora nasceu em mil novecentos e guaraná com rolha? – Sofia gritou pela janela, abusada.

– Mil novecentos e cebolão – a avó respondeu com toda a clareza. – Se é que você me entende.

– Não entendo, não! – Sofia gritou e correu para longe.

As indulgentes chuvas noturnas abençoavam a ilha. Várias toras encalhavam e eram recolhidas. Ninguém vinha fazer uma visitinha, nenhuma correspondência chegava, uma orquídea gerava uma flor. Tudo corria bem, apesar de tudo ser ofuscado por uma profunda melancolia. Era um mês de agosto de tempo bom e veemente, porém, independentemente do que acontecesse, para a avó tudo se limitava apenas a tempo somando-se ao tempo, como se tudo fosse uma vã tentativa de capturar os ventos. O pai de Sofia só sabia se sentar à sua mesa e trabalhar.

Então, numa noite, Sofia escreveu um bilhete de próprio punho e o enfiou por baixo da porta. O bilhete dizia: "Eu te odeio. Cordialmente, Sofia."

A ortografia do bilhete era impecável.

Depois, Sofia fez uma pipa. Usou as instruções que vinham numa revista que encontrara no sótão. E apesar de seguir as instruções ao pé da letra, a pipa não ficou boa. As varetas se recusavam a ficar presas umas nas outras, o papel de seda rasgou e a cola pegou nos lugares errados. Depois de terminada, a pipa se negava a subir e caía ao solo uma vez atrás da outra, como se desejasse se autodestruir, até que por fim se atirou na charneca. Sofia deixou os restos da pipa do lado de fora da porta da avó e seguiu seu caminho.

"Que menina mais inteligente", a avó pensou. "Uma pipa, um símbolo absolutamente perfeito. Ela sabe que, mais cedo ou mais tarde, vou fazer uma pipa que voa para ela, mas isso de nada serve. Para ela, dá no mesmo."

Num dia de calmaria, um barquinho branco com motor de popa veio até a ilha.

– Ah, é o Verner – a avó de Sofia disse. – Lá vem ele mais uma vez com o seu xerez.

Por um instante, ela pensou em fingir que se sentia um pouco mal, mas depois mudou de ideia e desceu até o rochedo.

Lá embaixo, encontrou Verner com sua boina de linho e seu traje esportivo. O barco era uma típica embarcação de cabotagem, e via-se que era mantido com muito esmero. Tinha até mesmo arfagem. Verner recusou qualquer ajuda e foi até ela de braços bem abertos, gritando:

– Minha velha e querida amiga, ainda estás viva?

– Sim, como você pode ver... – a avó respondeu secamente, deixando-se abraçar.

Ela agradeceu a garrafa e ele então disse:

– Tenho boa memória, como você pode ver. É a mesma marca que a dos anos de 1910.

"Mas que burrice!", ela pensou. "Por que é que nunca tive a coragem de dizer a ele que o xerez é a coisa mais horrível que já provei na vida? Agora é tarde demais." Aquilo era realmente lamentável, levando em conta que ela já tinha idade suficiente para ser franca até com relação às pequenas bobagens da vida.

Escolheram algumas percas no viveiro e almoçaram um pouco mais cedo do que de costume.

– Saúde! – disse Verner, sério, virando-se na direção da avó de Sofia. – É muito bom passar os últimos anos da vida num verão à toa. Tudo amaina à nossa volta, cada qual segue seu caminho, mas aqui nos reunimos em frente ao mar num pôr do sol sereno.

Bebericaram um pouquinho do xerez.

A avó disse, então:

– Nada mal, nada mal. Mas de fato há previsão de vento para hoje à noite. Quantos cavalos de potência tem o teu motor?

– Três – Sofia chutou.

– Quatro e meio – Verner respondeu secamente.

Então, ele pegou um pedaço de queijo e olhou pela janela.

A avó de Sofia percebeu que ele tinha ficado magoado e tentou ser tão afável quanto possível até a hora do café, e depois sugeriu que eles dois descessem para uma caminhada. Pegaram a trilha que ia até o batatal; ela lembrou de se amparar no braço dele a cada desnível do terreno. O braço dele era quentinho e acolhedor.

– E como vão as pernas? – Verner perguntou.

– De mal a pior – a avó respondeu com sinceridade. – Mas alguns dias consigo caminhar sem problema.

Então ela perguntou o que ele andava fazendo.

– Ah, de tudo um pouco.

Ele ainda estava magoado. De repente, exclamou:

– E o Backmansson, que se foi!

– Se foi para onde?

– Ele não está mais entre nós – Verner explicou, impaciente.

– Ah, você quer dizer que ele morreu? – a avó de Sofia retrucou.

Ela ficou pensando em todos os eufemismos sobre a morte e o tabu acanhado que sempre despertou o interesse dela.

Era uma pena que não se pudesse ter uma conversa inteligente sobre o assunto. Ou as pessoas eram jovens demais ou velhas demais, ou então não tinham tempo para isso.

Agora, ali estava ele falando de alguém que tinha se ido e de um ajudante do secos e molhados um tanto esquisito. Casas medonhas construídas por toda parte, pessoas que desembarcavam nas ilhas do arquipélago sem pedir permissão. Mas isso obviamente era o avanço do progresso.

– Tudo isso é uma triste bobagem – disse a avó, parando um instante e se virando para Verner. – Não há por que se apoquentar só porque cada vez mais gente comete as mesmas barbaridades. Isso não tem nada a ver com progresso, e você sabe disso. Transformações. As grandes transformações.

– Minha querida amiga – Verner se apressou em dizer –, já sei exatamente o que vais dizer agora. Desculpe se te interrompi, mas vais me perguntar se por acaso eu nunca abro os jornais.

– Claro que não! – a avó exclamou, bastante ressentida. – Só queria te perguntar se você não sente curiosidade por algo. Ou indignação. Ou alguma fixação, pura e simplesmente.

– Não, na verdade não – Verner respondeu, candidamente. – Talvez eu já tenha sentido indignação.

O olhar dele ficou aflito:

– É tão difícil te agradar. Por que tens que usar palavras assim tão incisivas? Eu só estava contando o que aconteceu.

Eles passaram pelo batatal e desceram até a praia.

– Eis ali um choupo de verdade! – a avó exclamou, para mudar de assunto. – Esse sim está bem enraizado, como podes ver. Um amigo da nossa família trouxe legítimo esterco de cisne da Lapônia, e o choupo parece que gostou!

— Enraizado — Verner repetiu, calando por um instante, antes de prosseguir. — Deve ser um enorme consolo para ti poder conviver com a tua netinha.

— Pode parar por aí! — exclamou a avó. — Pare de falar simbolicamente, isso está tão por fora. Me referi a uma árvore que criou raízes e tu vens me falar em netos? Por que tens que usar tantos eufemismos, tantas metáforas? Por acaso estás com medo?

— Minha boa e velha amiga... — Verner retrucou, aflito.

— Desculpe — disse a avó. — Isso é apenas uma maneira de demonstrar o quanto eu te levo a sério.

— É um esforço e tanto da tua parte — Verner comentou, com ternura. — Mas devias ser um pouco mais cuidadosa ao cumprimentar as pessoas.

— Você tem razão — a avó retrucou.

Então continuaram em direção ao istmo num silêncio pacífico. Até que ele disse, por fim:

— Antigamente você nunca falava sobre cavalos de potência ou fertilizantes.

— Eu não sabia que podiam ser assuntos interessantes. As coisas práticas podem ser muito entretidas.

— Já sobre nossos assuntos pessoais, a gente nunca conversa — Verner observou.

— Talvez não sobre as coisas mais importantes. — A avó parou para pensar. — Falamos menos que antes, em todo caso. Talvez a gente já tenha dito a maior parte do que havia para dizer a respeito. E percebido que não vale a pena. Ou que a gente não tem esse direito.

Verner nada disse.

– Você tem fósforo? – ela perguntou.

Ele acendeu o cigarro dela e depois começaram a voltar para a casa. Até aquele momento, ainda não começara a ventar.

– Esse barco não é meu – ele explicou.

– Entendo. Ele tem até arfagem. Você pegou emprestado?

– Eu simplesmente peguei – Verner respondeu. – Peguei o barco e parti. É muito desagradável que todos sempre estejam preocupados com a gente.

– Mas você é um homem de 75 anos! – a avó exclamou, admirada. – Você pode fazer o que bem entende, não pode?

Verner respondeu:

– Não é tão simples assim, é preciso ter consideração. Afinal de contas, eles são um pouco responsáveis pela gente. E para completar, a gente na maior parte do tempo é só um estorvo.

A avó de Sofia parou e cutucou um pedaço de musgo com a bengala, virando-o na direção certa, e depois continuou.

– De vez em quando fico bem desanimado – disse Verner. – Você disse que nunca falamos sobre o que é importante para a gente, mas pelo menos agora estou falando. Hoje acho que só vou falar das coisas erradas.

Além de calmo, o oceano tinha ficado completamente dourado de entardecer.

– Você não se importa que eu fume? – Verner perguntou.

A avó respondeu:

– Faço questão, meu querido amigo.

Verner acendeu o cigarro e disse:

– Eles só sabem ficar falando em passatempo. "Hobby", você sabe.

– Sim – disse a avó.

– Que a gente precisa se interessar por algo. Colecionar coisas – Verner prosseguiu. – Grande bobagem. Eu gostaria de me dedicar a certas atividades manuais, sabe, o problema é que sou um pouco atrapalhado.

– Talvez plantar algo?

– É exatamente essa a questão! – Verner exclamou. – Você é igual a eles, exatamente igual. "Plante algo", eles dizem. "Veja como isso cresce!" Eu podia ter pensado nisso por conta própria, ninguém precisava me dizer.

– Sim, você está coberto de razão – disse a avó de Sofia. – É verdade! Cada um tem que escolher algo por si mesmo.

Então, buscaram o cesto e o blusão dele, e todos se despediram. A avó propôs que tomassem uma tacinha de xerez, mas Verner explicou que, na verdade, nunca tinha gostado daquela bebida, e que a apreciava apenas por causa da amizade deles, que para ele era algo bastante precioso.

– A nossa amizade também é muito preciosa para mim – a avó respondeu, candidamente. – Tome o curso direto a Hästhällarna, onde o mar é profundo todo o trajeto. E tente achar uma forma de enganá-los.

Verner respondeu:

– Sim. Eu prometo a você.

Então, ele deu a partida no motor de popa e tomou seu rumo.

– Quem é que ele vai enganar? – Sofia perguntou.

– Uns parentes – disse a avó. – Uns parentes miseráveis. Eles ficam ditando o que ele tem que fazer sem se dar ao trabalho de perguntar o que ele gostaria, e por isso ele não tem mais gosto em nada.

– Que horrível! – Sofia gritou. – Isso nunca vai acontecer com a gente!

– Não. Nunca mesmo! – exclamou a avó de Sofia.

De minhocas e outras iscas

Num verão, de forma totalmente repentina, Sofia começou a ficar apavorada com animais pequenos. De fato, quanto menor fosse o animal, mais apavorada ela ficava. Aquilo era algo absolutamente insólito. Desde que conseguira aprisionar sua primeira aranha numa caixa de fósforo para domesticá-la, os verões de Sofia eram repletos de larvas, girinos, minhocas, vespas e seres intratáveis assemelhados, a quem ela dava tudo o que podiam querer da vida, gradualmente, até mesmo a liberdade. Mas agora estava tudo diferente. Ela circulava pelo ambiente com passos cautelosos e ansiosos, observando o terreno atentamente em busca de qualquer coisa que rastejasse. Os arbustos eram um perigo, as algas eram um perigo, a água da chuva; eles estavam em toda parte, podendo ser encontrados entre as folhas de um livro, achatados e mortos. Mas é assim mesmo, animais rastejantes, destroçados e mortos nos acompanham do início ao fim da vida. A avó de Sofia tentava tocar no assunto, mas não via por onde. É tão difícil ajudar alguém nessa fase inexplicável.

Uma manhã, um bulbo exótico tinha ido parar na praia, e planejavam plantá-lo diante da dependência de hóspedes. Quando Sofia enfiou a pá na terra para cavar um buraco, a pá partiu uma minhoca ao meio. Sofia viu as duas metades da minhoca se agitando na terra preta, jogou a pá para longe, recuou até a parede da casa e gritou.

– Elas vão crescer outra vez – disse a avó. – Com certeza. Elas vão crescer outra vez. Não tem problema, pode acreditar em mim.

E enquanto plantava o bulbo na terra, ela continuou falando na minhoca.

Sofia foi se acalmando, mas continuava pálida. Então, ela se sentou em silêncio nos degraus da varanda com as pernas encolhidas.

– Eu acho... – continuou a avó. – Acho que ninguém nunca se interessou o suficiente pelas minhocas. Alguém realmente interessado no assunto devia escrever um livro sobre minhocas.

À noite, Sofia perguntou se escrevia "alguns" com 'n' ou com 'm'.

– Com 'n' – a avó respondeu.

– Esse livro não vai dar é em nada – disse Sofia, brava. – Não consigo me concentrar se tenho que me preocupar com a ortografia o tempo todo, daí esqueço onde parei; isso vai ficar mesmo é uma droga só!

O livro tinha várias páginas e era costurado na lombada. Sofia jogou-o no chão.

– Qual é o título do livro? – a avó dela perguntou.

– "Ensaio sobre minhocas partidas ao meio"! Pena que não vá dar em nada!

– Por que você não se senta e dita? – a avó sugeriu. – Eu escrevo e você vai me dizendo o que escrever. Temos todo o tempo do mundo. Onde foi mesmo que eu deixei meus óculos?

Aquela era uma noite especialmente boa para iniciar um livro. A avó abriu a primeira página, que foi iluminada na justa medida pelo pôr do sol através da janela. Na página, Sofia já tinha feito uma vinheta de uma minhoca partida ao meio. A sala estava quieta e fresca. Junto à parede, o pai de Sofia estava sentado e trabalhava.

– É tão bom quando ele está ali trabalhando – Sofia comentou. – Pois então eu sei que ele existe. A senhora poderia ler o que eu escrevi?

– "Capítulo I" – a avó leu em voz alta. – "Alguns gostam de pescar usando minhocas como isca."

– Espaço. Agora a senhora pode prosseguir: "Não vou citar nenhum nome, mas o meu pai não é um deles. Se pensarmos numa minhoca que está apavorada, ela encolhe totalmente seu corpo até..." Quanto uma minhoca consegue se encolher?

– Por exemplo, até um sexto de seu comprimento?

– "... por exemplo, até um sexto de seu comprimento, e então ela fica pequena e grossa, e depois ela consegue se espichar outra vez com toda a facilidade, mas ninguém nunca pensou nisso antes. Depois, se pensarmos numa minhoca inteligente que se espicha o máximo que consegue, até que não haja nada mais a espichar, então ela rebenta. A ciência ainda não sabe se ela simplesmente se partiu ou se é uma espertalhona, pois nem sempre é possível saber de tudo, porém..."

– Um momento – interrompeu a avó. – Posso escrever assim: "... depende se ela não resiste ou se é pura esperteza?"

– Escreva o que quiser – Sofia respondeu, impaciente –, desde que as pessoas entendam. Mas não me interrompa mais, por favor. Continue dessa forma: "A minhoca sabe perfeitamente que, se ela rebentar, ambas as metades vão continuar crescendo, cada uma por si." Parágrafo. "Porém, não sabemos quanta dor isso causa. Além disso, também não sabemos se a minhoca fica apavorada por imaginar a dor que isso vai lhe causar. Bem, de toda forma, ela sente que algo afiado está se aproximando dela cada vez mais. O nome disso é instinto. De resto, afirmo que não se pode dizer se ela é pequena demais ou se tem apenas um canal digestivo, e é por isso que ela não sente tanta dor. Estou convencida de que isso causa dor, mas talvez apenas um segundo. Agora, penso outra vez na minhoca inteligente que se espichou bastante até se partir ao meio; isso, por exemplo, pode ser como arrancar um dente, mas sem doer. Então, depois que seus nervos se acalmam, a minhoca sente de imediato que agora ficou mais curta, depois percebe que a outra metade está bem ali a seu lado. Para que seja mais fácil de entender, vamos supor que ambas as metades estivessem caídas no chão e um pescador passasse com o seu anzol. Elas não conseguiriam se espichar outra vez, por estarem totalmente abaladas, e não conseguem pensar em mais nada. Além disso, saberiam que em breve começariam a crescer outra vez, cada metade por si. Acho que elas olhariam uma para a outra e pensariam que tinham uma aparência miserável, e então se afastariam uma da outra rastejando o mais rápido que podiam. Então começariam a pensar. Então sentiriam que o resto de suas vidas seria diferente, apesar de não saberem exatamente de que forma."

Sofia se deitou de costas na cama e ficou pensando. A sala agora estava na penumbra e a avó de Sofia se levantou para acender o lampião.

– Deixa assim – disse Sofia. – Não acenda o lampião. Vamos usar a lanterna. Vovó, a gente diz "vivenciar"?

– Diz, sim – a avó respondeu, depois colocou a lanterna acesa sobre a mesinha de cabeceira e ficou aguardando.

– "Se pensarmos em tudo que elas vivenciaram depois de diminuírem pela metade, mas também de uma forma que elas, de certa maneira, ficaram aliviadas, e depois, que nada que elas fizessem seria mais culpa delas. Uma simplesmente culparia a outra, ou então, diriam que, depois de algo assim, a gente não é mais a mesma. Mas tem uma coisa que deixa tudo mais complicado, e essa coisa é: tem uma diferença enorme entre o lado da cabeça e o lado da cauda. A minhoca nunca anda de ré, isso porque só um dos lados tem cabeça. Porém, se Deus fez as minhocas de tal forma que elas conseguem se partir ao meio e depois continuar crescendo cada metade por si, então, deve existir algum controle misterioso no lado da cauda da minhoca que, mais tarde, ajuda a minhoca a pensar. Senão, a cauda não teria como se virar sozinha, se a minhoca se partiu ao meio. Porém, a cauda tem um cerebrozinho bem pequeno. Ele lembra bem da outra metade que sempre ia na frente e decidia tudo. E então" – continuou Sofia, sentando-se, "a cauda se pergunta: 'Para que lado devo crescer? Devo criar uma nova cauda ou uma nova cabeça? E depois, devo continuar apenas seguindo atrás, evitando tomar decisões importantes, ou devo ser a que sabe mais sobre tudo até ser partida ao meio outra vez, mais tarde? Isso seria interessante.' Mas também pode ser que a minhoca esteja tão acostumada a ser a cauda que simplesmente aceita aquilo numa boa." A senhora anotou tudo o que eu disse?

— Tudinho — a avó confirmou.

— Agora vem o final do capítulo: "Mas talvez o lado da cabeça ache ótimo não ter mais algo para arrastar atrás de si. Mas quem sabe se ela pensa assim? Afinal, isso não é certo. De fato, nada é certo quando a gente nasce assim e pode ser partido ao meio, a qualquer momento. Mas, seja como for que encararemos o assunto, devemos evitar pescar usando minhoca como isca."

— Na mosca! — a avó exclamou. — O ensaio acabou bem quando o papel também acabou.

— O ensaio ainda não acabou — Sofia corrigiu. — Agora vem o segundo capítulo, mas eu vou deixá-lo para amanhã. O que a senhora acha?

— Muito persuasivo.

— Também acho — Sofia disse. — Talvez as pessoas aprendam algo lendo o que eu ditei.

Elas continuaram na noite seguinte, com o título "Outros animais tristes".

— "Os animais pequenos são muito chatos. Eu gostaria que Deus nunca tivesse criado os animais pequenos, ou que os tivesse feito de tal forma que eles alertassem sobre sua presença ou tivesse lhes dado rostos visíveis." Parágrafo. "Imaginemos agora as mariposas. Elas voam sem parar na direção do lampião e se queimam e depois voam de novo para o lampião. Isso não pode ser instinto, pois não foram criadas dessa forma. Elas simplesmente não entendem nada, por isso repetem o mesmo erro. Em seguida, caem de costas, tremem com todas as suas patas e depois morrem." A senhora terminou de escrever? Que tal?

– Ficou ótimo – a avó respondeu.

Sofia se levantou e gritou:

– Pode dizer, pode dizer que eu odeio tudo que morre lentamente! Pode dizer que eu odeio os bichos que não sabem zunir, mas me ajude, por favor! A senhora escreveu tudo direitinho?

– Sim, anotei.

– Agora é a vez dos pernilongos: "Eu penso muito nos pernilongos. A gente não consegue ajudá-los e eles sempre acabam perdendo duas pernas". Não! Escreva "três pernas". Por que é que eles não podem proteger suas pernas? Escreva que "as crianças pequenas mordem o dentista, mas é ele que fica destroçado, e não elas". Espera um pouco.

Sofia pensou mais um pouco, encobrindo o rosto com as mãos.

– Escreva "Peixe" – ela disse. – E depois, parágrafo: "Os peixes pequenos morrem mais lentamente do que os peixes grandes, e mesmo assim as pessoas são mais descuidadas com os peixes pequenos. Eles ficam jogados sobre a rocha por muito tempo respirando ar, isso é como afundar a cabeça de uma pessoa na água. E o bagre?" – Sofia continuou.
– "Como vocês sabem que ele começa pela cabeça? Por que é que vocês não matam os peixes direito? Os bagres podem ficar cansados. Já a carpa pode ter um gosto ruim e começa pela cauda. Então eu grito! Eu grito quando o peixe leva sal,

a água esquenta e o peixe pula! Não como peixe assim, mas vocês acham uma delícia!"

– Você dita rápido demais – disse a avó. – Devo escrever: "mas vocês acham uma delícia!"?

– Não – disse Sofia. – Isso é para ser um ensaio. Pode parar em "o peixe pula".

Ela se calou um instante e então prosseguiu:

– "Capítulo III". Parágrafo. "Eu como caranguejos, mas não gosto de vê-los sendo preparados, pois os caranguejos ficam horríveis quando são cozinhados, e a gente deve ter cuidado."

– É verdade! – exclamou a avó, e depois deu uma risadinha.

– Por Deus! – Sofia exclamou. – Isso aqui é coisa séria! Não abra a boca. Escreva: "Eu odeio os ratos-silvestres." Não! Escreva: "Eu odeio os ratos-silvestres, mas também não gosto de vê-los morrendo. Eles cavam túneis na terra e então comem os bulbos do papai. Eles ensinam suas crias a cavar túneis e a comer bulbos. E, de noite, eles dormem nos braços uns dos outros. Eles não sabem que são animais melancólicos." A senhora acha esse um bom adjetivo?

– É um adjetivo muito bom – disse a avó e continuou escrevendo o mais rápido que conseguia.

– "Então, dão a eles milho envenenado para comer ou então ficam com as patas traseiras presas nas ratoeiras. É ótimo que eles fiquem presos. Ficam com uma dor nas tripas e, então, a barriga deles explode! Mas o que mais podemos fazer?" Escreva: "Mas o que mais podemos fazer para que eles não sejam punidos antes de terem feito alguma coisa má? Depois, é tarde demais. A situação é difícil. Eles têm filhotes de vinte em vinte minutos".

– De vinte em vinte dias – a avó murmurou.

– "E eles ensinam as suas crias. E agora não estou pensando apenas nos ratos-silvestres, mas sim em todos os animais pequenos que ensinam seus filhotes. E eles são cada vez mais numerosos; depois ensinam seus filhotes, e todos ficam mal-educados. O pior são esses animais que são tão pequenos, se espalham por toda parte e a gente só consegue vê-los depois de já ter pisado neles. E, às vezes, nem assim a gente consegue vê-los, apesar de saber que pisou neles, e fica com um peso na consciência de toda a forma. Não importa o que a gente faça, eles continuam sendo ruins, portanto, é melhor não fazer nada a respeito ou então pensar noutra coisa. Fim." Sobrou espaço para uma vinheta final?

– Sobrou, sim – a avó respondeu.

– Então, a senhora mesmo pode desenhar essa vinheta – Sofia explicou. – O que é que a senhora acha?

– Você quer que eu leia em voz alta?

– Não – Sofia respondeu. – Melhor não. Agora estou com pressa. Mas guarde o livro para os meus filhos.

O temporal de Sofia

Não se referiam àquele verão pelo ano. Em vez disso, recordavam-no como o verão do temporal enorme. Nunca, desde que a memória dos homens alcançava, ondas assim provenientes do oeste haviam varrido o golfo da Finlândia; a força do vento era nove, e as ondas rebentavam com altura e largura correspondentes a ventos de dez, ou, como alguns afirmavam, onze Beaufort. Aquilo calhou de acontecer num fim de semana. A rádio previa ventos variáveis mas fracos, por isso, todos os barcos estavam preparados para tempo bom. Como eles se aguentaram é algo que deve ser atribuído à intervenção divina, pois o temporal chegou em meia hora e rapidamente atingiu sua potência máxima. Passado o temporal, os helicópteros de resgate percorreram o litoral recolhendo as pessoas agarradas aos escolhos ou em seus barcos cheios e inundados.

Os helicópteros desciam em cada arquipélago onde houvesse qualquer vestígio de vida ou algum casebre miserável. E o nome de cada sobrevivente e da respectiva ilha era devidamente anotado numa lista. Se apenas soubessem desde o início que todos seriam salvos, poderiam ter dedicado ao temporal sua atenção e entusiasmo completos! Décadas depois, os que então moravam na costa não podiam se encontrar sem falar sobre como tinha sido, onde cada um se encontrava na ocasião e o que faziam quando o temporal chegou.

Aquele era um dia de calor e envolvido numa neblina amarelada. Ondas largas e compridas moviam-se no oceano numa elevação mal e mal perceptível. Mais tarde, comentou-se longamente sobre aquela neblina amarelada e aquelas ondas largas, que fizeram muitos se lembrarem dos tufões em seus livros infantis. A água do mar também estava insolitamente brilhante e muito mais baixa do que o normal.

A avó de Sofia preparou um cesto de piquenique com suco e sanduíches abertos e a família chegou em Norra Gråskär por volta do meio-dia. O pai de Sofia colocou duas redes no lado oeste e a avó se juntou a ele. Norra Gråskär tinha ares de profundo desamparo e melancolia, mas a família não conseguia deixar de ir até lá. A cabana dos práticos* era comprida e baixa; a sapata de pedra fora construída pelos

---

* Refere-se aos profissionais que, por serem exímios conhecedores das condições locais, são responsáveis pela pilotagem de navios quando chegam ou deixam os portos, executando a atracação, a desatracação e a navegação na aproximação ao porto. [N. do T.]

russos e fixada na rocha com braçadeiras de ferro. O telhado de treliça de madeira havia cedido numa das meias-águas, porém, a torrezinha quadrada no centro da cabana seguia intacta. Centenas de andorinhas voavam emitindo silvos agudos em volta da cabana, cuja fechadura enorme e enferrujada estava chaveada, e a chave não estava escondida sob os degraus, nos quais crescia um muro de urtigas.

O pai de Sofia sentou-se na praia para trabalhar. Fazia bastante calor. A neblina havia subido e a forte claridade amarelada na superfície do mar ardia nos olhos dele. O pai de Sofia se recostou na rocha e adormeceu.

– Acho que vai trovejar – disse a avó. – E o poço deles está fedendo mais do que nunca.

– O poço está cheio de carcaças – Sofia disse.

Elas espiaram até o fundo escuro do túnel estreito e cimentado do poço. Elas sempre iam dar uma xeretada no poço. Depois iam dar uma espiada no lixão dos práticos.

– Onde é que está o teu pai?
– Cochilando.
– Que ótima ideia! – a avó exclamou. – Por favor, me acorde se forem fazer alguma coisa divertida.

Ela escolheu um leito arenoso entre os juníperos.

– Quando é que vamos comer? Quando é que vamos tomar banho de mar? – Sofia perguntou. – Quando é que vamos dar uma volta na ilha? A gente vai comer e tomar banho de mar? Vocês não pretendem fazer mais nada, além de dormir?

A ilha estava quente, silenciosa e solitária. A cabana jazia como um animal achatado e comprido. Sobre ela, as andorinhas negras voavam com um sibilo afiado, eram como facas percorrendo o ar. Sofia deu uma caminhada pela praia e voltou. Em volta da ilha não havia nada além de rocha e juníperos, pedras irregulares e areia, e também tufos de grama seca. O céu e o mar estavam encobertos pela névoa amarelada mais intensa que os raios de sol e que ardia nos olhos, a neblina se erguia em colinas compridas sobre a terra e rebentava em ondas contra a praia. Era uma névoa bastante esparramada.

– Meu bom Deus, não permita que nada aconteça – Sofia rogou. – Ó, Deus, protetor das crianças, estou morrendo de tédio, amém.

A viração talvez tenha começado quando as andorinhas se calaram. O céu cintilante estava vazio, já não havia mais nenhuma ave. Sofia esperou. Havia um clamor no ar. Ela ficou de olho no mar e viu quando o horizonte tisnou. A escuridão se esparramou e o oceano ficou empolado de expectativa e pavor. O temporal chegava cada vez mais perto. Com um sibilo agudo, o vento chegou na ilha e seguiu seu caminho; depois, a calmaria voltou. Sofia esperou na praia. As algas jaziam esparramadas no terreno como um cobertor claro de pele. Então, uma nova lufada escura percorreu a superfície do oceano: era o temporal maior! Ela correu na direção do temporal e foi enlaçada pelo vento, sentindo frio e uma ardência ao mesmo tempo. Então, Sofia gritou:

– Está ventando! Está ventando!

Deus tinha enviado um temporal todinho para ela; a água subiu. Em Sua benevolência sem limite, Ele empilhou um enorme volume de água na direção da terra firme. A água cobriu as pedras da praia, a grama e o musgo, bramiu entre os juníperos, e, terreno acima, golpeou os pés estivais de Sofia, enquanto ela corria de um lado para outro e louvava a Deus! Tudo se tornara veloz e aguçado, e finalmente algo acontecia!

O pai de Sofia acordou e se lembrou de suas redes. O barco batia com o costado na terra, os remos rolavam com estardalhaço para a frente e para trás, enquanto o motor se debatia na relva. Ele soltou as linhas, virou o barco na direção do mar e começou a remar. A névoa cercou a praia a sota-vento como uma rocha arqueada, o céu sobre ele também tinha um brilho amarelado e vazio. Deus andava ali e abençoava Sofia com aquele temporal. Em toda a costa, reinava a mesma desordem e estupefação.

Nas profundezas do seu sono, a avó de Sofia sentia o marulho que irrompia com estrondo no terreno. Ela se sentou e ficou ouvindo o oceano.

Sofia se jogou de costas na areia ao lado da avó e gritou:

– Esse temporal é meu! Roguei que Deus mandasse um temporal e aí está ele!

– Ótimo – a avó respondeu. – Só que as nossas redes estão no mar.

Já não é fácil recolher as redes sozinho, então, quando venta, é praticamente impossível. O pai de Sofia colocou o motor em marcha lenta com a popa virada para o mar e começou a recolher as redes. Conseguiu recolher a primeira por completo, apenas um rasgo; já a outra estava presa no fundo. Então colocou o motor em ponto morto e tentou virá-la. A borda da malha rebentou. Por fim, desistiu de nivelar a rede e se limitou a puxar. Então, ela subiu num emaranhado confuso de algas e peixes que ele havia largado no fundo do barco. Sofia e a avó ficaram paradas observando quando o barco veio na direção da terra firme no mar agitado; o pai pulou, jogou-se contra o costado do barco e puxou; um vagalhão imenso abateu-se sobre o istmo, golpeou o espelho de popa e arrastou o barco. Depois do recuo, o barco estava em terra firme. O pai de Sofia atracou-o, pegou as redes nos braços e andou na direção da ilha, inclinando-se contra o vento. Elas o seguiram, bem próximas uma da outra, com os olhos ardendo e um gosto de sal nos lábios. A avó caminhava com as pernas escarranchadas, apoiando a bengala com força no terreno. O lixo jogado no poço transbordou e se espalhou; tudo que havia sido deixado em paz para se decompor e virar terra depois de cem anos emergira, rodopiava pela praia e parara no mar tempestuoso, o lixo de antigos práticos, o fedor do poço e a melancolia morosa de todos os verões, o arquipélago inteiro lixado pelo marulho e pela espuma branca voadora!

– O que a senhora acha? – Sofia gritou. – Esse temporal é meu! Diga se a senhora está se divertindo!

– Estou me divertindo à beça – a avó dela respondeu, piscando para tirar o sal dos olhos.

O pai jogou as redes nos degraus onde as urtigas se acumulavam e jaziam como um tapete gris, depois foi sozinho até o istmo para observar as ondas. Ele estava bastante apressado. A avó se sentou na rocha e começou a tirar os peixes da rede. O nariz dela escorria e os cabelos voavam para todos os lados.

– Acho que sou um pouco esquisita – disse Sofia. – Me sinto tão simpática sempre que há temporal.

– É mesmo? – a avó retrucou. – Talvez seja mesmo...
"Simpática", ela pensou. "Não, com certeza não sou nada simpática. O máximo que podem dizer a meu respeito é que sou uma pessoa interessada."

Ela pegou uma perca e bateu-a contra a rocha.

O pai de Sofia rebentou a fechadura da porta da cabana dos práticos com uma pedra enorme. Ele fez aquilo apenas para abrigar sua família.

O vestíbulo era um corredor estreito e escuro que dividia a cabana em duas partes. No chão jaziam algumas aves mortas havia muitos anos, aves que haviam adentrado aquela cabana em ruínas e jamais conseguiram sair dali. A cabana cheirava a trapos e peixe salgado. Lá dentro, o som já então ubíquo do temporal mudou, agregando um tom ameaçador que chegava cada vez mais perto.

Eles foram até a parte da cabana que dava para o oeste e ainda tinha telhado, onde havia um quarto pequeno com duas camas de ferro e mais nada, só uma lareira com tampa pintada de cal e uma mesa e duas cadeiras ao centro. Os tapetes eram bem bonitos. O pai de Sofia colocou o cesto preparado pela avó sobre a mesa e eles tomaram suco e comeram os sanduíches abertos. Depois, ele começou a trabalhar. A avó de Sofia se sentou no chão e continuou tirando os peixes da rede. O tempo todo, o estrondo que vinha do mar se lançava contra as paredes da cabana como um tremor ininterrupto. Além disso, fazia bastante frio. A espuma das ondas subia, entrava pelas janelas e caía no chão da cabana. De vez em quando, o pai de Sofia se levantava e saía para dar uma olhada no barco.

O marulho aumentara na parte alcantilada da ilha, uma onda atrás da outra, e crescia vertiginosamente em seu branco portento; a espuma surrava a rocha como golpes de chibata e uma cortina de água avançava na direção oeste da ilha. Sim, aquele era um temporal atlântico! O pai de Sofia foi novamente até o barco e esticou uma corda. Ao voltar, ele subiu até o sótão da cabana dos práticos para procurar algum combustível. A lareira estava bastante encharcada, mas, quando acendeu, o fogo ardeu furiosamente. Eles pararam de congelar antes mesmo que o quarto ficasse totalmente aquecido. No chão em frente à lareira, o pai de Sofia havia colocado uma rede de pescar arenque para quem quisesse dormir, uma rede tão velha que se desfazia nas mãos dele. Por fim, o pai de Sofia acendeu seu cachimbo, sentou-se à mesa e continuou trabalhando.

Sofia subiu até a torre. O quarto na torre era bastante pequeno, com quatro janelas, uma para cada ponto cardeal. Ela viu que a ilha havia encolhido até ficar assustadoramente pequena, um mero e insignificante pedaço de rocha e terra incolor. Porém, o mar se apresentava poderoso, branco e amarelo-gris, desprovido de horizonte. Não havia terra firme, tampouco havia um arquipélago. Havia apenas aquela ilha, cingida, ameaçada e protegida pelo temporal, esquecida por todos, exceto por Deus, realizador de pedidos.

– Ó, Deus! – disse Sofia, compungida. – Eu não sabia que era tão importante assim. Foi muita bondade de Vossa parte, muito obrigado, amém.

Estava a ponto de anoitecer e o sol avermelhou ao se pôr. O fogo ardia na lareira. A janela que dava para o oeste ardia como fogo, e o tapete ficou ainda mais bonito. O tapete tinha umas manchas de umidade e alguns rasgões, mas agora era possível ver o padrão completo em azul-celeste e cor-de-rosa e as gavinhas pintadas com esmero. A avó cozinhou o peixe numa lata, e por sorte encontrou um punhado de sal na cabana. Depois de comer, o pai de Sofia saiu para dar uma olhada no barco.

– Estou pensando em ficar acordada a noite toda – Sofia explicou. – Imagina que horror se a gente não tivesse vindo para cá, se a gente simplesmente estivesse em casa quando tudo começou!

– Pois é – a avó respondeu. – Mas confesso que estou um pouco preocupada com o aerobarco. E também não lembro se a gente fechou as janelas antes de sair.

– O aerobarco... – Sofia murmurou.

– É, e o viveiro. E os gladíolos, não colocamos estacas neles. E as panelas que estavam no mar.

– Já chega! – Sofia gritou.

Mas a avó prosseguiu, sem pensar:

– E fico pensando em todos que estavam no mar... E em todos os barcos destruídos.

Sofia fitou a avó e gritou:

– Por que é que a senhora tem que dizer tudo isso, se sabe que é tudo culpa minha?! Eu roguei por um temporal e o temporal aconteceu!

Ela começou a chorar com força e viu passar uma longa caravana de imagens horríveis e comoventes de barcos, gladíolos, janelas e gente destruída, de todas as panelas que foram parar no fundo do mar, de flâmulas que não aguentaram o vento e dos suportes para panelas!

– Ai, Deus... – ela murmurou, vendo tudo destruído e perdido!

– Bem, acho que pelo menos a gente prendeu o aerobarco – disse a avó.

No entanto, Sofia escondeu o rosto nas mãos e chorou com todo o peso da catástrofe de Estra Nyland.

– Não é culpa tua – a avó garantiu. – Presta bem atenção no que vou dizer agora: o temporal teria acontecido de qualquer jeito.

– Mas não tão forte! – Sofia disse, aos prantos. – Deus e eu fizemos isso!

O sol havia se posto e o quarto não demorou a ficar às escuras. O fogo ardia no fogão a lenha. Além disso, ventava bastante.

– Você e o seu Deus! – a avó repetiu, fula da vida. – Por que Ele atenderia justamente a você se, por exemplo, outras dez pessoas tivessem rogado bom tempo a Ele? E com certeza rogaram.

– Só que eu roguei primeiro. – Sofia retrucou – E, como a senhora pode ver, não fez bom tempo algum!

– Deus – a avó de Sofia disse. – Deus tem muito o que fazer, portanto, não tem tempo para ouvir a...

O pai de Sofia voltou trazendo lenha, deu a elas um cobertor que cheirava mal e voltou a sair para observar as ondas antes que escurecesse.

– Mas foi a senhora quem me disse que Ele nos ouve – disse Sofia, com frieza. – A senhora me disse que Ele ouve tudo que a gente roga.

A avó se deitou na rede de pescar arenque e disse:

– Sim, com certeza. Mas eu fui a primeira a rogar.
– Como assim, a primeira?
– Eu roguei antes de ti, simplesmente.
– E quando foi que a senhora rogou? – Sofia perguntou, desconfiada.
– Hoje de manhã.
– E apesar disso... – Sofia exclamou, severa. – Apesar disso, a senhora trouxe tão pouca comida e tão pouca roupa! A senhora não colocou fé n'Ele?!
– Claro que sim... Mas talvez eu achasse que seria emocionante se virar sem...
Sofia deu um suspiro:
– Sim – respondeu. – E a senhora? Por acaso a senhora tomou seu remédio?
– Sim, tomei.
– Ótimo. Assim a gente consegue dormir e evita pensar no que se meteu. Não vou contar isso a ninguém.
– É muita gentileza de sua parte – a avó disse.

No dia seguinte, por volta das três da tarde, o tempo amainou o suficiente para que pudessem voltar para casa. O aerobarco jazia virado em frente à varanda, mas com o soalho, os remos e os baldes a salvo. Além disso, eles tinham deixado as janelas fechadas. Deus não conseguiu salvar muita coisa, pois era tarde demais quando a avó de Sofia rogou a Ele por elas. Porém, quando o vento virou, Ele fez as panelas encalharem na praia outra vez. Então, o helicóptero chegou até lá, como eles esperavam, e os nomes de cada um deles e da ilha foram escritos numa lista.

Dia de perigo

Por volta do meio-dia de um dia de muito calor, as traças começaram a dançar sobre o pinheiro mais alto da ilha. As traças, que não devem ser confundidas com os mosquitos, dançam numa nuvem vertical, sempre seguindo um determinado ritmo, e milhões ou bilhões de traças microscópicas sobem e descem com rematada precisão, ao mesmo tempo que cantam em falsete.

– É a dança do acasalamento – a avó de Sofia explicou, tentando olhar para o alto sem perder o equilíbrio. – Minha avó dizia que a gente deve ter cautela quando as traças dançam na lua cheia.

– Como assim? – Sofia perguntou.

– É o dia mais intenso de acasalamento, e ninguém está seguro nesse dia. É preciso ter muito cuidado para não desafiar o destino. Deve-se evitar derramar sal ou quebrar espelhos. E se as andorinhas saem em revoada de uma casa, é melhor mudar de casa antes do anoitecer. Ou seja, tudo muito aborrecido.

– Como é que a avó da senhora inventava essas coisas? – Sofia perguntou, surpresa.

– A minha avó era supersticiosa.

– Supersticiosa? Como assim?

A avó pensou um instante e respondeu que a gente deve tentar evitar o inexplicável. Por exemplo, preparar poções mágicas na lua cheia e realmente fazê-las funcionar.

– A minha avó era casada com um pastor que não acreditava em superstições. Mas, a cada vez que ele adoecia ou se tinha surtos de melancolia, a vovó preparava uma decocção de ervas para ele, mas a coitada era obrigada a fazer isso clandestinamente. E quando ele melhorava depois de tomar as beberagens dela, ela tinha que dizer que eram apenas "gotas Innosemtseff". Com o tempo, ela foi se cansando daquilo.

Sofia e a avó dela sentaram-se na praia para conversar mais um pouco sobre aquilo. Era um dia bonito de bonança e vagas amplas e extensas sem rebentação. É exatamente em dias como esse, em plena canícula, que os barcos deixam suas praias, solitários. Objetos enormes estranhos são trazidos pelo mar, algumas coisas afundam e outras emergem, o leite azeda e as libélulas dançam desesperadas. As lagartixas ficam destemidas. Quando a lua sobe, as aranhas vermelhas acasalam nas ilhas desabitadas, onde as rochas se transformam num tapete contínuo formado por uma quantidade sem fim de minúsculas aranhas extasiadas.

– Talvez a gente devesse alertar o papai – Sofia sugeriu.

– Acho que ele não é supersticioso – a avó respondeu. – Além disso, superstição é coisa do passado. Você deve sempre acreditar mais no que o seu pai diz.

– Claro, claro – Sofia concordou.

As vagas amplas trouxeram consigo uma enorme coroa de galhos de árvore retorcidos, como se um animal gigantesco tivesse emergido pachorrentamente do fundo do mar. O ar estava parado e vibrava de calor sobre a rocha.

– Ela nunca sentia medo? – Sofia perguntou.

– Não. E gostava de assustar os outros. Durante o café da manhã, ela dizia que alguém iria morrer antes que a lua minguasse, só porque duas facas tinham formado uma cruz. Ou então porque ela tinha sonhado com pássaros negros.

– Eu sonhei com um porquinho-da-índia essa noite! – Sofia exclamou. – A senhora promete que vai tomar cuidado para não fraturar nenhum osso antes de a lua minguar?

A avó prometeu.

O mais estranho foi que o leite realmente azedou. Um peixe-escorpião caiu na rede deles. Uma borboleta preta entrou voando na casa e pousou no espelho. E, ao anoitecer, uma faca e uma caneta-tinteiro formaram uma cruz na mesa de trabalho do pai dela! Sofia colocou-as longe uma da outra o mais rápido que pôde, mas o mal obviamente já estava feito. Ela correu até a dependência de hóspedes e bateu à porta com ambas as mãos. A avó abriu imediatamente.

– Aconteceu uma coisa... – Sofia murmurou. – Uma faca e uma caneta-tinteiro formaram uma cruz na mesa de trabalho do papai. Não, não diga nada, não adianta nada tentar me consolar!

– Mas você não entende que a vovó era apenas supersticiosa? – a avó de Sofia perguntou. – Ela inventava essas coisas por puro tédio e também para tiranizar a sua família...

– Silêncio! – disse Sofia, séria. – Não diga nada. Não me diga nada.

Ela deixou a porta aberta e se foi.

O primeiro ar fresco da noite chegou e a traça dançante desapareceu. As rãs apareceram e começaram a coaxar umas para as outras. Já as libélulas finalmente haviam morrido. No céu, a última nuvem rubra submergiu no amarelo, dando lugar ao laranja. A floresta estava repleta de indícios e presságios; ela espalhava sua escrita esotérica por toda parte. Mas de que servia aquilo para o pai dela? Pegadas em lugares onde ninguém poderia ter andado e ramos em cruz, ou um único tufo vermelho de arando em meio a todos aqueles tufos vermelhos. A lua subiu e se equilibrou no topo de um junípero. Depois, de suas praias, os barcos deslizaram pelo mar. Peixes grandes e misteriosos traçavam círculos na água e as aranhas vermelhas convergiam para o lugar onde tinham combinado se encontrar. Para além do horizonte, o destino postava-se implacável, apenas aguardando. Sofia procurava ervas para fazer uma decocção para o pai, mas só conseguia encontrar ervas corriqueiras. Ademais, não é certo o que pode ser considerado erva. Supõe-se que sejam bastante pequenas, com caules moles e descorados, com frequência bolorentas e que crescem em locais pantanosos. Mas como é possível saber? A lua subiu ainda mais, dando início à sua inevitável trajetória. Sofia gritou da porta:

– Que ervas essa avó da senhora preparava?

– Ah, esqueci – a avó respondeu.

Sofia entrou.

– Esqueceu? – ela deixou escapar entre os dentes. – Esqueceu? Como a senhora pode esquecer uma coisa dessas? O que é que eu posso fazer se a senhora esqueceu? Então como eu posso salvar ele antes que a lua mingue?

A avó largou o livro que estava lendo e tirou os óculos.

– Eu fiquei supersticiosa – disse Sofia. – Sou mais supersticiosa até que a sua avó. Faça alguma coisa!

173

Então, a avó desceu da cama e começou a se vestir.

– Não precisa vestir a meia-calça – disse Sofia, impaciente. – O espartilho também não precisa, pois o caso é urgente!

– Mesmo que a gente encontre as tais ervas – a avó disse –, mesmo se as colhermos e fizermos um decocto, ele não vai querer tomar.

– Tem razão – Sofia concordou. – A gente não poderia pingar no ouvido dele?

A avó calçou as botas enquanto pensava.

De repente, Sofia começou a chorar. Ela viu a lua avançar até o mar. Quando se trata da lua, nunca se sabe, pois ela pode descer de forma totalmente repentina, em sua cronologia assombrosa. A avó abriu a porta e disse:

– Agora não podemos trocar sequer uma palavra. Você não pode espirrar, chorar ou arrotar sequer uma vez até que a gente tenha juntado tudo de que precisamos. Depois, vamos guardar tudo no lugar mais sagrado que existe para deixar que elas funcionem à distância. A noite de hoje está perfeita para isso.

A ilha estava iluminada de luar e fazia calor. Sofia viu a avó colher uma cabeça de limônio, depois achar duas pedras e um tufo de alga seca e enfiar tudo num dos bolsos. Elas continuaram andando. No interior da floresta, a avó de Sofia juntou um pouco de musgo, um fragmento de fento e uma mariposa morta. Sofia nada disse e continuou seguindo a avó. Cada vez que a avó enfiava algo no bolso, a sensação de tranquilidade aumentava. A lua estava um tanto vermelha e quase tão clara quanto o próprio céu. O reflexo da lua na água chegava até a praia. Elas cruzaram a ilha na diagonal, e a avó de Sofia se abaixava aqui e acolá quando achava algo importante. Ela seguiu até alcançar o reflexo imenso e negro da lua na praia; as pernas hirtas e a bengala seguiam constantemente adiante, e ela ficava cada vez maior. O luar recaía no chapéu e nos ombros dela, e ela vigiava o ermo e a ilha inteira. Não restava qualquer dúvida de que a avó iria encontrar todo o necessário para evitar acidentes e mortes. Tudo aquilo cabia no bolso dela. Sofia seguiu atrás dela o tempo todo e viu como a avó carregou a lua sobre a cabeça e a noite ficou absolutamente serena. Quando elas voltaram para casa, a avó de Sofia disse que agora elas podiam conversar novamente.

– Mas não! – Sofia sussurrou. – Vamos ficar em silêncio! Continue com isso no bolso, vovó.

– Certo – disse a avó.

Ela quebrou um pedacinho da escada apodrecida e também meteu no bolso, depois foi se deitar. A lua afundou no mar e não havia qualquer motivo para inquietação.

Daquele dia em diante, a avó de Sofia guardava os cigarros e os fósforos no bolso esquerdo e todos conviveram felizes uns com os outros até o outono. Então, levaram o casaco da avó para lavar a seco e quase imediatamente o pai de Sofia torceu o pé.

Em agosto

A cada vez, as noites escurecem de forma totalmente imperceptível. Numa noite qualquer em agosto, a pessoa vai fazer alguma coisa lá fora e, de repente, tudo fica escuro como a asa da graúna, e um silêncio enorme, negro e morno sitia a casa. Ainda é verão, mas ele não vai sobreviver por muito mais tempo; ele já não viceja, mas também não murcha, e o outono ainda não chegou completamente. Ainda não há quaisquer estrelas, apenas trevas. É quando o latão de querosene é trazido do porão para o vestíbulo e a lanterna volta a ficar pendurada num gancho atrás da porta.

Não de imediato, mas pouco a pouco, de passagem, as coisas começam a mudar de lugar para acompanhar o andamento do ano. Dia após dia, tudo se move para perto da casa. O pai de Sofia recolhe a barraca e a bomba d'água para dentro da casa. O barco é colocado sobre a dresina e o aerobarco oscila ao vento detrás da lenharia, então o outono começa. Alguns dias mais tarde, as batatas são colhidas e a cisterna de água é escorada na parede da casa. Os baldes e as ferramentas de jardinagem são trazidos para perto da casa e os arbustos decorativos desaparecem, o guarda-sol da avó de Sofia e outros objetos sazonais e de estimação mudam todos de lugar. Na varanda, agora ficam o extintor de incêndio e o machado, o espeto e a pá para a neve. Simultaneamente, toda a paisagem também se transforma.

A avó de Sofia sempre gostou daquela grande transformação no mês de agosto, sobretudo talvez por marcar uma época imutável em que tudo tinha seu lugar exclusivo, em que nada podia ter outro lugar. Era a época em que todas as pegadas desapareciam, e, tanto quanto possível, a ilha recuperava seu estado primordial. Os canteiros exaustos recebiam uma capa de algas. A chuva retificava e enxaguava tudo. As plantas que ainda floresciam eram vermelhas ou amarelas, manchas de cores berrantes sobre as algas, adentro, rosas branquíssimas desabrochavam e viviam por um dia de esplendor de tirar o fôlego.

A avó sofria de dor nas pernas, talvez por causa das chuvas, e não conseguia dar suas voltas pela ilha tanto quanto gostaria. Mesmo assim, saía para suas caminhadinhas um pouco antes de anoitecer, e dava uma ajeitada no terreno. A avó de Sofia ajeitava tudo o que tinha a ver com as pessoas. Ela recolhia pregos e fragmentos de papel, tecido ou plástico, pedaços de pão manchados de óleo e uma e outra tampa de vidro. Ela descia até a praia e fazia fogueiras em pontos protegidos do vento, e sentia o tempo todo como a ilha ia ficando cada vez mais pura, cada vez mais alheia e remota. "A ilha sacode para se livrar da gente", ela pensou. "E logo vai se tornar inabitável. Ou quase isso."

As noites iam ficando cada vez mais escuras. No horizonte, avistava-se uma cadeia descontínua de fachos de faróis e de quando em vez navios grandes pulsavam efêmeros na passagem navegável. O oceano nem se mexia, estava perfeitamente parado.

Quando o terreno estava limpo, o pai de Sofia pintava todas as porcas e arruelas com zarcão e besuntava a varanda com gordura de foca num dia quente e sem chuva. Ele lubrificava as ferramentas e dobradiças com óleo e limpava a fuligem da chaminé. As redes eram recolhidas. Ele empilhava lenha junto à parede do fogão a lenha para a próxima primavera e para os náufragos, e o depósito de lenha era amarrado com corda, pois ficava perto da linha da maré alta.

– Temos que recolher as estacas das flores – a avó de Sofia disse. – Elas destroem a paisagem.

Porém, o pai de Sofia manteve as estacas onde estavam, senão não teria como saber onde as flores tinham sido plantadas na primavera. Havia tanta coisa que deixava a avó preocupada.

– Imagina... – ela disse. – Imagina se alguém desembarcar, como sempre acontece. Não terão como saber que o sal grosso está guardado no porão e que a porta pode ter inchado com a umidade. Temos que trazer o sal para cima e colocar uma etiqueta para que não confundam com açúcar. E temos que pendurar as calças; a pior coisa é quando as pessoas encontram calças molhadas. Mas e se eles pendurarem suas redes sobre os canteiros e pisotearem tudo? Nunca se sabe quando se trata de raízes.

Depois, ela ficou preocupada com a chaminé e colocou o seguinte cartaz: "DEIXE A VÁLVULA ABERTA PARA NÃO EMPERRAR COM A FERRUGEM".

– Se não fecharmos a chaminé, pode ser que os pássaros façam um ninho nela mais adiante, na primavera.

– Mas aí nós já estaremos aqui de volta – o pai de Sofia respondeu.

– Quando se trata de pássaros, nunca se sabe – a avó retrucou.

Ela tirou as cortinas com uma semana de antecipação e tapou as janelas que davam para o sul e para o oeste com toalhas de papel. Depois, escreveu: "NÃO RETIRE A COBERTURA, SENÃO AS AVES VOAM PELA CASA NO OUTONO. PODE USAR TUDO, MAS POR FAVOR REPONHA A LENHA. AS FERRAMENTAS ESTÃO DEBAIXO DA BANCADA DE CARPINTARIA. CORDIALMENTE."

– Por que é que a senhora está tão afobada? – Sofia perguntou.

A avó respondeu que é ótimo fazer as coisas no exato momento em que a gente sabe o que tem que ser feito. Ela deixou cigarros para as visitas e velas em caso de o lampião não funcionar. E escondeu o barômetro, o saco de dormir e a caixinha de joias embaixo da cama. Depois, voltou a pegar o barômetro. Jamais escondiam as estatuetas. A avó sabia que ninguém apreciava escultura; além disso, achava que elas bem que precisavam conhecer a vida. Os tapetes também foram deixados para que a sala não parecesse tão hostil durante o inverno.

A sala estava diferente; uma vez que duas das janelas estavam cobertas, era a um tempo misteriosa e tinha ares de conspiração e também parecia bastante desolada.

A avó poliu a maçaneta da porta e lavou a lixeira. No dia seguinte, lavou todas as suas roupas na lenharia. Ao terminar, ela estava exausta e foi até a dependência de hóspedes. O lugar ficava bastante apertado ao chegar o outono, pois era onde guardavam todo o necessário para a próxima primavera, ou o que não era mais necessário. A avó de Sofia gostava de confundir-se com aquelas coisas comezinhas, e, antes de adormecer, contemplou atentamente tudo que a cercava, redes, latas de pregos, rolos de arame e corda, sacos de turfa e outras coisas vitais, e foi com uma ternura esquisita que notou as tabuletas com os nomes de barcos arruinados havia muito tempo, as primeiras faturas de Probabilidade de Temporal, dados sobre um visom abatido, focas mortas e outras coisas, mas sobretudo ela se demorou observando o belo quadro de eremitas em sua tenda aberta para um mar de areia do deserto e um leão protetor ao fundo. A avó pensou: "Como é que vou conseguir sair desse quarto?"

Não foi fácil entrar ali, tirar a roupa, abrir a janela para deixar o ar noturno entrar e, finalmente, conseguir esticar as pernas. Ela apagou a vela, escutou-os caminhando lá fora e se virou para o outro lado. A parede cheirava a alcatrão, a lã molhada e talvez um pouquinho a terebintina. O mar também fazia silêncio. Depois de pegar no sono, a avó lembrou do urinol que havia debaixo da cama e de como ela abominava aquele objeto, símbolo que era de desamparo. Objeto que ela tinha aceitado com total benevolência. É ótimo ter um urinol em caso de temporal ou chuva, porém, no dia seguinte, é preciso esvaziá-lo no mar. Além disso, tudo que é preciso esconder é um estorvo.

Depois de acordar, a avó ficou deitada por um bom tempo, perguntando-se se devia ou não se levantar. Parecia-lhe que a noite havia colado nas paredes e aguardava lá fora. E ela sentia as pernas doloridas. A escadaria fora malfeita – seus degraus eram altos e estreitos demais – e terminava na rocha, que era escorregadia até a lenharia, e de lá todo o trajeto de volta. E era melhor não acender uma vela, pois assim se perdia a orientação de espaço e direção, e a escuridão ficava mais próxima. Era melhor balançar as pernas da beirada da cama e aguardar o equilíbrio ideal. Quatro passos até a porta; agora, era abrir a tramela e aguardar outra vez, depois cinco passos abaixo apoiando-se no corrimão. A avó não tinha medo de cair ou errar o caminho, mas sabia que a escuridão era absoluta. Também sabia como era quando a mão perdia o apoio, deixando a pessoa sem nada onde se agarrar. "De toda forma", ela pensou com seus botões, "eu sei muito bem como são todas as coisas por aqui. E não preciso enxergá-las."

Ela balançou as pernas na beirada da cama e aguardou um pouco, cambaleou por quatro passos até a porta e abriu a tramela. A noite continuava escura, mas já não fazia calor; em vez disso, havia um frescor suave mas perceptível. Bem lentamente, a avó desceu a escadaria, soltou a mão e deu as costas para a casa. Não, a noite não era tão negra quanto ela imaginara. Quando ela se agachou junto à lenharia, sabia exatamente onde estava, e também onde ficavam a casa, o mar e a floresta. Da passagem navegável bem ao longe chegava o barulho de um barco que passava, sem que fosse possível enxergar os faróis.

A avó se sentou no cepo e aguardou até recuperar o equilíbrio, o que aconteceu bem rápido. Apesar disso, ela continuou sentada onde estava. O barco de carga navegava ao oeste no rumo de Kotka. Em seguida, o ruído do motor a diesel desapareceu e a noite voltou a ficar silenciosa como antes. Era uma noite com aroma de outono. Outro barco se aproximou, provavelmente menor e com motor a querosene. Talvez fosse um barco de pescar arenque com um motor de carro, apesar de raramente se ouvir um barco desses tão tarde da noite, pois sempre saíam para a pesca logo após o pôr do sol. De toda forma, esse não seguia pela passagem navegável, mas sim diretamente ao mar grosso. O rumor pachorrento passou pela ilha e continuou mar afora; a pulsação do barco seguiu golpeando, cada vez mais para longe, como se nunca fosse silenciar.

– Que interessante! – a avó exclamou. – Isso não é barco de pescar arenque nenhum, mas sim a batida de um coração, pura e simplesmente.

Ela ficou um bom tempo se perguntando se devia voltar a se deitar ou se devia ficar onde estava; talvez devesse ficar ali um tempinho.

Este livro foi composto na fonte Adobe Caslon Pro e impresso pela gráfica Paym, em papel Lux Cream 80 g/m², para a Editora WMF Martins Fontes, em janeiro de 2025.